詩に映るゲーテの生涯

〈改訂増補版〉

柴田 翔

鳥影社

改訂増補版

詩に映るゲーテの生涯

目次

改訂増補版

詩に映るゲーテの生涯

はじめに　〈必然〉と〈希望〉

――「始源の言葉。オルフェウスの秘詞」――

これから暫《しばら》くの間、毎月この『學鐙』でゲーテの詩をひとつずつ読みながら、彼の長い生涯をその生誕から死に至るまで飛びとびに辿《たど》ってみたい。もちろんゲーテは私たちとはまったく違う時代の、まったく違う文化のなかに生きた人だが、何回かの連載の終わりにはその違う時代と文化のなかにあったひとつの人生の風景が、私たちにとって多少は縁のあるものとして浮かび上がってくることを願っている。

あるいは同じことを次のようにも言えるかも知れない。ゲーテは私たちとはまったく違う時代と文化のなかに生きた人であり、かつまた単に詩人、作家であるに止《とど》まらず、ヴァイマル公国というドイツの領邦国家の行政・政治・外交に公的に関与し、同時に自然研究にも従事して、一口に天才と呼ばれるような人生を送った人だが、そうだからこそ、その生涯のそこ、ここに足を止め、あれやこれやを書きとめてみることで、人間存在――ヨーロッパ風に言えば〈死すべき運命のものたち〉――の生の避けることのできない基本的風景を、遠い私たちにも共通するものとして眺めてみることができるのではあるまいか。

さて、第一回の今月は、まずゲーテの生きた時代について、ごく簡単に見てみることから始める。


ゲーテは一七四九年八月にドイツのフランクフルトに生まれ、一八三二年三月、八十二歳でヴァイマルで死んだ。ゲーテが生きたこの八十年あまりの年月——それは、ドイツの近世から近代への移り変わりのなかで決定的に重要だった時期と、そのまま重なり合う。

ドイツの近代成立史について最低限のおさらいをしてみると、二九七頁の簡易歴史年表にも記したように、三十年戦争が終わった一六四八年が近世的な領邦国家体制完成の年（領邦国家とは日本の大名領のようなもので、その数は大小取り混ぜ三百余り。それをまとめるゆるい枠組が中世以来の神聖ローマ帝国。ついでに言えば、徳川時代の日本の藩の数もざっと三百）。そしてプロイセンが普仏戦争に勝った一八七一年が近代的な国民国家ドイツ統一の年（つまり領邦国家体制の終焉の年で、これもついでに言えば、明治維新の三年後）。そこにもうひとつ年号を付け加えれば、ナポレオンの支配の下で神聖ローマ帝国が崩壊し、領邦国家が約三十に整理された一八〇六年が、その間に、いわば中間地点としてはさまる。一七四九年に生まれ一八三二年に死んだゲーテの生涯は、この二百年余りの近世から近代への、そして分立から統一への長い変化の過程の後半に位置していて、ドイツが近世の宮廷社会から近代の市民社会へ、次第に速度を上げつつ変わって行く時期に重なっていた。

また逆に、事柄をゲーテの生涯（一七四九―一八三二）のほうから眺めてみればどうなるか。いま述べたドイツの近世から近代への長い変化の時期のなかでも決定的かつ急激な転回点となったのは、一七八九年に始まったフランス革命から、既にふれたナポレオン支配と神聖ローマ帝国崩壊の一八〇六年を経てナポレオン敗北とウィーン会議の一八一四年一五年に至る、全ヨーロッパ的な動乱と社会変動の四半世紀だが、その凡そ二十五年の激動期はゲーテの八十二年余りの生涯のなかの、まさに中心、彼の四十歳から六十六歳、その男盛りの時期に当たっている（前記簡易年表及び二九六頁のゲーテ略年譜参照）。

ゲーテの様々な分野での多岐かつ多彩な活動が持つ豊かさ――それはそのまま矛盾と呼んでも一向に構わないような種類の豊かさなのだが――、その矛盾ないしは豊かさは、彼の生涯と時代とのこうした連関から生まれてきている。『ファウスト』を始めとする彼の文学的思想的仕事のなかへは、彼が生き経験したその大きな変動期の諸相が余すことなく刻み込まれる。ゲーテがしばしば天才と呼ばれてきたのは先ほども書いたばかりだが、もし彼を仮にそう呼ぶとするならば、その天才性は何よりも彼がそういう変化の時代――いまでは少し古くなった表現を使えば、社会の全面的な転形期――に狙い定めて生まれ合わせてきたという、まさにそのタイミングのよさにあったのではないか。ゲーテを見ていると、そうも言いたくなるのである。

もっとも、ゲーテと同じ時期のドイツに生まれ合わせた人は他にも無数にいたはずではないかという、きわめてまともな反論もあるかも知れない。もし、そうなら、もう一言付け加えよう。ゲーテの天才は、転形期に生まれ合わせたことに加えて、その転形期の巨大な歴史的変動のなかにある生の可能性の振幅のすべてを、その善も悪も――いや、より正確に言えば、善悪など問うことなくその可能性のすべてを、何ひとつ避けることなく自分の心と身体で味わい、体験し尽くしたところにあったのではないだろうか。

ところで、こういうように、おもむろにゲーテの生きた時代から説き始めると、若手、中堅年齢層の読者からは、この筆者は時代錯誤もいいことに、十九世紀風の「ゲーテ――その生活と作品」的叙述を始めるのではないかという疑念を、こうむることになるかも知れない。先日も、ロラン・バルトとともに作者の死は宣告された、いや、作品の死も宣告された、残るは言語テキストのみ、という若手の元気のいい論文を読まされたばかりである。そこで、ここで予め、方法論的弁解を少ししておくことにする。

もちろん私はこと文学に関しては、多少とも古風な人間である。むかし英文学者で随筆家でもあった福原麟太郎《りんたろう》氏が、自分の文学研究の根もとは結局人間への興味であったと述べているのを読んだ記憶があるが、私の興味も鋭利できらびやかな文学理論より人間にある。作品中の人間像であれ、それを描き出す作家という人間であれ、人間が生きている風景を眺めてみたいという気持ちが、私の文学への関心の底にある。

だが、その上で言うのだが、私は「生活と作品」風に、現実の生活を既知のものとして、そこから作品を説明することに関心を持ったことは一度もない。また、ついでに言えば、マルキシズム芸術論風に、歴史から作品を説明することに関心を持ったことも一度もない。私は逆にいつも、まず作品を読むことで、その内側から生の風景を眺めてきた。そして、それによって個人の生を知り、歴史を理解したいと思ってきた。

もちろん、例えばゲーテが一七四九年に生まれたというのは、客観的事実である。一七七二年にヴェツラルのシャルロッテ・ブッフに失恋したというのもまずは客観的事実であろうし、一七八九年にフランス革命が始まったというのも歴史的事実である。しかし、転形期を目前にひかえる十八世紀後半のドイツにおいて人間の内面、人間の生の内実がどういうものだったのかは、例えば一七七四年の『若きヴェルテルの悩み』という作品の内側に身を置き、そこに刻み込まれている生の風景をゆっくりと眺めることで初めて浮かび上がってくる。伝記的事実をいくら調べても、それだけでは生の実相は見えてこないのである。

さて、方法論的宣明ないしは言い訳はここまでとしよう。今月の詩は、まずゲーテの人生を概観するために、「始源の言葉。オルフェウスの秘詞」。一八一七年に書かれたこの詩で六十八歳のゲーテは古典古代の秘教オルフェウス教の装いを借りるが、振り返っているのは自分自身の生涯である。スタンザ（定型八行詩節）五連。少し長いが全訳する。

始源の言葉。オルフェウスの秘詞

守護の霊（デーモン）

お前がこの世界に委ねられた日
太陽は星々の挨拶に応えて　その位置を定め
お前はそれに従って生き始め　生き続ける
お前が地上に踏み出した　そのときの法則に従って。
それがお前の必然であり　その自分から逃れることはできない
と　巫女も語り　予言者も告げた。
生きつつ自らを発展させるべく定められた形を
いかなる時間もいかなる力も壊すことはできない。

偶然

その厳しい限界を　しかし気儘《きまま》に避けて　ゆるやかに
ひとつのものが私たちに寄り添い　私たちのまわりを巡って行く。
と言うのも　お前は人と出会い　その交わりの楽しみのなかで

自分の形を探し　人の様に倣って行いを決めるのだから。
人生はときとして躓《つまず》き　ときとして衝突
ときとして冗談。戯れのうちに時は過ぎて行く
と　気付く間もなく　いくつかの年の輪が満ち
ランプは燃え上がる炎を待つ。

エロス

その炎は来ずにはいない！　太古の荒野から天上へと
弧を描いて昇った彼《か》の神は　また身を翻し
軽やかな翼に乗って空を漂い近づいて
春の日永　われらが額と胸を巡り飛び交い
飛び去るかに見せて　また飛び来たり
われらが苦しみのなかには悦びの吐息が　甘美に不安に　混じり洩れる。
多くの心は定めなき欲求のままに自己を失い——
だが　しかし　心映え高きものはひとりなる人に自らを捧げる。

必然の力

それは　思い返せば　星々の始めからの意志なのだ。
制限と掟――人々みなの望むところが
抗《あらが》うすべもなくひとつの意志となり
その前に自由な思いは押し黙る。
最愛の事柄も胸から打ち捨てられ
欲望もむら気も過酷な必然に従う。
かくてわれらは自由と信じた幾年かのあとに
始めよりも更に厳しく必然の下にある。

希望

だが　しかし　こうした限界　こうした鋼の壁の
巌《いわお》の如き古き力がどれほどであろうとも
その忌むべき門の閂《かんぬき》も外される！
ひとつの影が自由に軽やかに身を起こし
われらに翼《つばさ》を貸して
厚い雲　暗い霧　激しい雨のなかからわれらを救い出す。

彼らを知らぬものはない　世のあらゆる境界を越えて飛び集《つど》うものを――。
その翼のひとたびの羽ばたきとともに　われらの後ろにたちまち永遠が飛び去る。
（„Urworte. Orphisch“）

人間が生まれてから老年に至るまで、人生の途上で出会う五つのもの、「デーモン」「偶然」「エロス」「必然の力」そして「希望」について、それぞれの本質を描いた詩で、一見してはそれほど説明を要するものとは見えないが、果して本当にそうだろうか。

第一連は言う。人間には、生誕のときの星々の配置によって定まる必然的な特性があり、人間の生はその生来の形の必然的な自己展開に他ならない――。そしてもし仮に、こうした必然が終始一貫、何の揺らぎもなく貫徹するのであれば、人生は自明のものとなり、そもそも詩なども不要であろう。ところが、そこにもっと別の、軽やかなものが介入する。それが第二連で描かれる偶然の働きである。

ここで言われる偶然とは人生の偶然一般でもあろうが、特に子どもが成長の過程で出会う他人たち、大きく言えば環境との出会いの偶然性が強調される。例えばさっき述べたようにゲーテがドイツの転形期に生まれ合わせたということ――それは天体の運行によって定まっていた必然だろうが、転形期の具体的諸相は、生まれた子どもに対して、環境として、つまり偶然としても働きかける。とすれば偶然と必然は、見掛けほど決定的に別のものではないのかも知れないのだ

地霊の出現（『ファウスト』482 行以下）。
ゲーテ自身による素描。地霊はゲーテにとって歴史の転形期に解き放たれた巨大な自然の生命力の象徴であった。
Nationale Forschungs- und Gedenk-stätten der klassischen deutschen Literatur in Weimar.

が、詩はそこへ深入りはしない。ともあれ、偶然（と見えるもの）の軽やかさと幸せに戯れ暮らすうちに子どもはたちまち青年となる。

青年になれば、ひとはエロスの神に心を奪われずにはいない。エロスにおいて偶然の力はもっともあらわである。第三連はその様《さま》を述べる。エロスは本来、官能という太古の荒れ地に棲《す》んでいた存在だから、その手に落ちたものは、苦しみなしには済まない。が、それはまた悦びでもある。

だが、この節で目を引くのは最終行である。結婚における男女の結びつきに関わって「心映え高きもの」の在りようについて言われているこの一行は、いままでの必然と偶然の対置の構図からはみ出し、明らかに人間の意志の問題へ踏み込んでいる。そこには人間の自由な決断があるはずだ。ところがゲーテは次の第四連で、その人間の自由意志をたちまちまた星々の意志、つまりは必然のなかへ組み入れてしまうのである。

実はこの詩には、かなり長いゲーテの自注があるのだが、老年期のゲーテの自注はすべて、作品の一番の核心については沈黙し、あるいはむしろそれを押し隠すような説明を読者に押しつける。そして、その押し隠し方のなかに漸《ようや》く真実が洩れてくる。

　この箇所への自注も例外ではない。自注は「自由な決断」による〈自由の放棄〉について説いたあと、結婚の幸せ、家族の幸せ、更にはほとんど詩の内容を逸脱して、家族の結びつきの上に築かれる種族、民族の結合、そのための個々人の義務、国家、教会、社会における儀式の意味にまで論を進める。そのまま読めば、ゲーテは完全に共同体の側に立って、共同体の掟に従うことによって獲得される人倫的自由を説いているかのように見える。

　だが、それは見せ掛けである。もしゲーテがそれを本気で信じているのだったら、続く第四連「必然の力」の前半で星々の意志の支配、つまり必然の支配を説いたあと、後半で何故もう一度〈最愛の事柄〉を投げ捨てねばならぬ嘆きが歌われるのだろうか。更にまた何故最終連で〈希望〉という言葉が、ほとんど呪文のように呼び起こされるのだろうか。

　いや、自注の逸脱ぶりが既に、自分の信じたくないことを無理にも説くものの饒舌《じょうぜつ》さではないのだろうか。

　そもそもこの詩の空間では〈必然〉に対置されているのは〈偶然〉であって、〈自由〉ではない。〈自由〉は人間が自分の出会った〈偶然〉のなかに一瞬、幻想する夢に過ぎない。そしてその〈偶然〉もまた結局は、〈必然〉が時間軸に沿ってその時々の姿で自己展開したもの、つまりは〈必然〉の別名である。ここではすべては必然の支配の下にあるのであって、自注の言う「自由な決断」など始めからありうるはずもないのである。

こうして〈希望〉が、生誕から死ぬまで、いつも必然の鋼の鎖に捕らえられている人間を救出する最後の言葉となる。〈希望〉だけが救済を人々にもたらす。だがその〈希望〉の高らかな羽ばたきに身をゆだねる時は、私たちもまた永劫《えいごう》の彼方へと飛び去る時なのである。この詩の最終行は、そう告げている。

ゲーテは恵まれた生涯を送り、神の寵児《ちょうじ》とまで言われながら、晩年に近く、この詩でそれまでの六十八年間の人生をそう総括し、しかも自注でその意味を自分にさえも押し隠そうとした。

そして、だからこそ〈希望〉は、やがて本書でも語るように、老年期から最晩年にかけてのゲーテの心を、様々に姿を変えながら、くりかえしくりかえし訪れる言葉になったのである。

1　近世都市の特権的少年
――「一千七百五十七年の喜ばしき年明けに」――

一九八五年にミュンヘンのカール・ハンザ出版社から新しいゲーテ全集、全二十巻二十八分冊索引一巻（最終的には二十一巻三十分冊）が出始め、ミュンヘン版と呼ばれているが、このミュンヘン版の特徴は作品その他がジャンルを問わず、できるだけ年代順に並べられていることにある。

この全集の第一巻第一分冊は少年ゲーテのラテン語宿題帳で始まるが、それに続いて最初期の詩がきて、その冒頭には少年が年の始めに母方の祖父母に捧げた二つの詩が置かれる。それぞれ七歳と十二歳のときの詩で、八十二年生きたゲーテの数千の詩のうち、この二つが残っている最初のものである。

では、まずはそのうちのひとつ、七歳の少年の詩を眺めてみよう。

一千七百五十七年の
　喜ばしき年明けに
我らが
　深い尊敬と真情あふるる愛を捧げる
お祖父様お祖母様に
　稚き尊敬と愛情の
　こころざしを
以下に述べまする天寵の祈念
　を通じて
　お示しすることは
おふたりに
　誠実に従う孫である
　ヨーハン・ヴォルフガング・ゲーテの
　願いです。

崇高なるお祖父様！

新しき年が始まり

それゆえにわが義務と本分を果たさねばなりません。
畏敬の思いが命じます　純な心の詩を捧げよと。
言葉は足りずとも　思いは正しい心根から発しています。
時の流れを新しくした神様が　お祖父様のお幸せも新しくして下さいますよう。

（中略）

崇高なるお祖母様！

新年の最初の一日が
私の胸に優しい思いを呼び起こし　命じるのです
お祖母様にも今日のお祝いを　拙《つたな》い詩行をもって申し上げよと。
詩を解する人なら読む気にもならぬものですが
私の願いと同じように真実の愛から流れ出たこの詩行にどうか耳を傾けて下さい。

（以下略）

（„Bei dem erfreulichen Anbruche / Des 1757. Jahres....“）

最初の十四行は、いわばタイトルである。いかにも近世風な特殊な組方で組まれているが、それを翻訳で再現することはむつかしい。本体はそれぞれお祖父様、お祖母様と呼び掛ける、これも、特殊な組方の二連からなり、各連は正確なアレクサンドリーナー詩行（弱強格六脚）十二行で出来ていて、四行ずつａｂｂａという脚韻を律儀に踏んでいる。

全集収録のもうひとつ、十二歳の詩のほうは、タイトル部分十行、本体十六行、これも当然のことながら脚韻付きで、少年が成長した分だけ短くなって多少手抜きの感がなきにしもあらずだが、大筋ではよく似たものだから紹介は割愛する。

いま残っているのはこのふたつだけだが、おそらくは毎年のように、正月になると少年ゲーテは両親とともに礼服に威儀を正して、フランクフルト市の最高官職であるシュルトハイス（市参事会議長職）に就いていた母方の祖父の家を訪ね、祖父母の前で得意満面ボーイ・ソプラノを張り上げ強弱のリズムと脚韻を美しく響かせて、こうした詩を朗唱してみせたのだろう。多くの人々の訪問で賑わう市の有力者、祖父母宅の華やかな新年の様子は、ゲーテの自伝『詩と真実』でも懐かしく回顧される。この詩を読むと、古い伝統を誇る近世の帝国都市（神聖ローマ帝国のなかで領邦国家と同じ格を持つ自由都市）フランクフルトの上流社会の、豊かで安定した新年の風景が眼に浮かぶ。

ゲーテが生まれ育ったのは、そういう近世世界だった。

もちろん、この詩を七歳のゲーテがまったくひとりで書いたとは思われない。こういう社交的ないしは儀礼的機会のために詩を書く能力は当時の上流階級の子弟が身につけるべき基本的教養に属していたから、おそらくは例えばラテン語の家庭教師などがかなり手を入れた上で、祖父母に教育の成果として披露されたのだろう。

タイトルが十四行、本体が二十四行、あるいはタイトル十行、本体十六行という構成も、いかにも近世バロック風である。近代の詩は簡にして要を得た短いタイトルを求めるが、それは多分、詩の空間には短いタイトルに凝縮すべきひとつの中心点が必ずあるはずだとの確信を、近代という時代が持つからなのだろう。別の言い方をすれば、世界のなかにそうした中心点を見出しうる主体、つまり人間の自己集中能力を近代は信じている。だがゲーテの生まれた近世バロックの世界は、どうもそういう自己凝縮にはあまり関心がなかったらしい。それよりも世界のなかへ自分をどんどん繁茂させ、増殖させ、逸脱して行く快感に魅惑されていたように見える。

そしてその増殖して行く自分も、近代の考える自分、外界との緊張関係にある自我、いわば自立的自我とは、とうぜん少し別のものであったのだろう。尊敬おく能《あた》わざる祖父がいて、心より愛する祖母がいて、謙遜な心の孫がいて、何よりもまずそうした枠組があって、そのなかで孫から祖父母へと、へりくだった尊敬と愛情が捧げられる。自我の自立などよりもそうした安定した、あえて言えば定型的関係こそが世界の内実なのであって、孫である自分の自己も自立など目指さず、そこへ初めから快く身をゆだね、その内部で際限なく繁茂、増殖、逸脱して行く。

もちろん、そういう定型的な関係のなかにも真実の愛情があったことは当然である。そこに身をゆだねることもまたそれなりに、幼い孫にとって自分の愛情の誠実で、かつ快い表白であったに違いない。

この母方の祖父母の姿は、自伝『詩と真実』においても深い敬愛の念を込めて描き出されている。教育熱心で気難しい父親から逃げ出した少年が祖父母の家を訪ねると、高い官職の要求する一日の重い義務を終えた祖父は、庭園で庭木の世話に余念がない。その安定した生活振りは「不《ふ》壊《え》の平和と永遠の持続の感覚」を与えてくれたと、老ゲーテは幼年期を振り返って記す。中年期以降、ゲーテの作品には時折り古代的な老族長のイメジが世界の持続を保証するものとして現れるが、その原型はおそらくこの母方の祖父にある。

ゲーテの母方のテクスター家は代々法律家の家系であり、祖父のヨーハン・ヴォルフガング・テクスター（ゲーテの名前もこの祖父からもらったものである）も、その法律家としての名声によって市の最高の官職シュルトハイスにまで昇った人である。当時のフランクフルトの近世的政治機構はなかなか複雑で一口には説明できないが、慣例的に市長と訳されることの多いシュルトハイスは、市の最高決定機関である参事会の議長であり、行政職である市長（ビュルガーマイスター）より上位にある最高の官職だった。ゲーテの祖父もビュルガーマイスターを経験したのち、シュルトハイスに推されている。当時フランクフルトは名門都市貴族たちの支配下にあったから、そのなかで市民の身分にありながらその職に就いたことは、彼の法律家としての名声と能力が揺るぎないものであったことを示している。

だが、ここでも近世世界における法律家の名声と能力を、近代のそれとまったく同じもののように想像すると、少し違うのかも知れない。ゲーテは『詩と真実』で、祖父が夢で未来を予見する力を持っていたことに言及し、彼がシュルトハイスになったときのエピソードを語る。前任のシュルトハイスが死に、夜中、突然の使者が参事会員たちの家を廻る。参事会の投票でまず三人の候補者が選ばれ、そこから籤《くじ》によって新任のシュルトハイスを決定するのが当時の慣例であって、使者はそのための緊急参事会が翌朝開かれるとの知らせを告げて廻ったのだが、その使者の来訪を受けたとき、祖父は翌日シュルトハイスに選ばれるのが自分であることを既に知っていた。そう、ゲーテはその自伝に書きとめる。

もちろん、このエピソードを政治的予見能力および偶然の結果だとして合理的に解釈することもできる。だが『詩と真実』が語ろうとしていることは、おそらく少し別のことなのだ。つまりゲーテの祖父が生きていた近世の世界では、夢の中での予見能力もまた、市の最高官職に就くものの持つべき重要な能力の一部であったのであり、シュルトハイス選任を告げる籤である金色のボールが祖父の代理人の手に一見偶然のように残ったのも、実は祖父の夢見の能力と深く結びついた必然だった。そして、そういう古い世界に自分も生まれ、育ったのだと、老ゲーテは、フランス革命後の脱魔法化された理性的な近代世界から振り返って、言っているのである。

老ゲーテがあえて語らなかった近世世界の別の風景もある。ゲーテがシュトラースブルクの大学で法律を学んだあと法務実習のために帝国最高法院のあるヴェッツラルへ行き、そこで法律の実地を学ぶよりも、知人の婚約者シャルロッテ・ブッフへのかなわぬ恋にうつつを抜かしたことは、『若きヴェルテルの悩み』の成立ともからんでよく知られているエピソードだが、実はその何十年か前、若き法律家テクスター（つまりゲーテの祖父）もその同じ土地で法律実務に携わりながら人妻との道ならぬ火遊びを楽しんでいたのだった。しかも、孫は一度の接吻もろくに出来なかったのに、祖父のほうは人妻との姦通の現場に証拠の鬘《かつら》を残して逃げ出して、法廷へ召喚されるという華々しい経験をしている。

いや、若いときの色恋沙汰だけではない。テクスターは既にシュルトハイスとなってからも、政治的意見が対立して激昂すれば、婿つまりゲーテの父親に向かって、食卓のナイフを投げつけることもあえて辞さない男だった。

だが当時の人々は人間が生き生きと自由な感情を発散しながら生きることに、今よりはるかに寛大だった。こうした逸脱は若きテクスターがフランクフルト市での異例の栄達を遂げるのに何の妨げともならなかったし、またシュルトハイスとしてのテクスターの名声に傷をつけるものともならなかった。

十八世紀は啓蒙の世紀だったが、同時にあのカザノヴァの世紀でもあったのだ。ひとびとは人生をおおっぴらに楽しむ。フランス革命の激動期を生き抜いた練達の政治家タルラン（慣例に従えばタレイラン）は、「革命前の旧世界を知らない人間は、人生の快楽とは何かを知らない」と言ったという。

もっとも、だからと言って、近世がひたすら快楽を追求するだけの気楽な世界であったわけではない。幼い少年の祖父母に捧げた饒舌な詩が厳密な定型の枠組を持っていたように、日々の快楽の外側には厳しい近世の秩序があった。それは人々に「死を想え！」と警告する。考えてみればば近世のバロック的世界は、現世の快楽と死の恐怖とがせめぎあう場であったではないか。フランクフルトも厳しいルター派の戒律が支配する町であり、時としてその陰鬱で巨大な姿が快楽を求める人々の生活のなかに立ち上がる。

ゲーテの『ファウスト第I部』の後半が嬰児殺しの女マルガレーテ、通称グレートヒェンの悲劇であることは広く知られているが、その素材となったと推定される事件がフランクフルトで起きたのは一七七一年、詳しくはやがて3章で述べることになるが、二十二歳の法律得業士ゲーテがかりそめの恋人フリデリーケをシュトラースブルク郊外のゼーゼンハイムに残して、生地フランクフルトに戻ってきたのと同じ年だった。旅の職人の子を宿した宿屋の女中ズザンナ・マルガレーテ・ブラントは、私生児を生んだ女が受ける、慣習が定める苛酷な辱めへの恐怖のあまり、生まれた嬰児を殺して逃亡するが、すぐに逮捕され、死刑を宣告されて、明けて翌七二年一月十四日が処刑の日となる。

その日の朝、最高審判官によって死刑執行を宣告されたズザンナは、前々世紀以来の重々しい慣例に従い、牢のある塔内の一室で饗される盛大な食卓を審判官、聖職者、首切人らと、ともにする。罪ある肉体が滅び、魂が神の御手へと救済されるこの日は、被処刑人にとってこそ祝うべき日なのである。もとより被処刑人はわずかな葡萄酒で口を湿したほかは、何も食べることができない。饗宴が終わると被処刑人は市中を引き回されて処刑台に到る。そして聖職者たちの高まる祈りの声のなかで、首が落ちた。処刑の場所はゲーテが住む両親の家から徒歩数分の広場だったと伝えられる。(E. Beutler: Essays um Goethe. Artemis Verlag. 参照)

遊学先に恋人を残して生地に戻った軽佻《けいちょう》浮薄《ふはく》な若き法律家ゲーテにしても、このズザンナの運命がそのまま自分が捨てた恋人フリデリーケの運命でもありえたことは、よく判っていたに違いない。

市の最高の官職にある祖父母に捧げる幼い孫の新年の詩。「不壊《ふえ》の平和と永遠の持続」を漂わせる祖父の生活。その夢見の能力。同じ祖父の浮気騒動と婿とのいさかい。快楽と逸脱の楽しい人生。そして嬰児殺しの女の陰鬱な処刑。それらすべてが、ゲーテの生まれ育った近世世界だった。そうしたさまざまな、時としては矛盾するようにも見えるものが、みな重層的に重なり合い、ひとつの世界のなかに内包されていたのである。それを矛盾と見るのは、おそらく近代以後に生きるわれわれの目であって、その時代からすればすべてはひとつの安定した世界のさまざまな側面であったに違いない。だが、実はその安定した世界も、徐々に終わりに近づきつつあった。

一七五六年夏、ゲーテが満七歳になった翌日に始まった七年戦争は、神聖ローマ帝国内における旧大国オーストリアと新興国家プロイセンとの衝突だった。百年余りののち、多民族国家オーストリアが排除され、プロイセンの主導下で国民国家ドイツが統一されることは、まだ誰も知らない。帝国都市フランクフルトの最高官職にある祖父は当然のことながらオーストリアを支持

父による1755年の改築後。
現在はミュージアムが併設させれている。

1755年（ゲーテ6歳）の改築以前。

ゲーテの生家（フランクフルト）

し、富と教育はありながら実生活から疎外された不満の人、ゲーテの父親は、新興プロイセンの指導者フリードリヒ二世（フリードリヒ大王）に熱狂する。激昂した老人が昼食の折に婿へ向かって食卓のナイフを投げたと伝えられるのも、その件をめぐってのことであり、日曜日毎の祖父母の家での会食も中断する。

だから、いまわれわれの手に七歳と十二歳の少年の詩だけが残っているのも、あるいは偶然ではなく、その間の四回の新年には少年の母方祖父母邸訪問も中断していたのかも知れない。ともあれ一七五九年、ゲーテ九歳の正月は騒然としたうちに明けた。オーストリアと同盟したフランスの軍隊がフランクフルトに進駐し、市の最高責任者テクスター参事会議長は、市をフランス軍に明け渡す。悪意ある人々は、彼は買収されたのだとも噂したようだが、それはむしろオーストリア支持の参事会議長にとっては当然の措置だったと言うべきだろう。父親の長年の夢であった大改築が成って三年目のゲーテ邸は、その半ばをフランス軍政官トラン伯爵によって接収され、父親の不機嫌はますますつのった。

　だが幼いゲーテは、外国軍隊の駐留によって生じた秩序の弛緩のなかで厳しい家庭教師の授業から逃れ、トラン伯爵が土地の風景を記憶にとどめるために依頼した地元の絵描きたちの屋根裏の仕事場を覗き、親仏派有力者の祖父の無料パスで駐留軍士官たちのためのフランス芝居の上演に通い、更にその舞台裏にまで潜り込んで若いフランス女優に淡い恋をして、未知の世界の魅惑的な空気に酔っていた。

　少年ゲーテは、こうしてまだ近世都市のなかでの特権的生活を享受している。だが時代は秩序の全面的転形期へ向かって、既に動き出していた。そして仕合わせな少年は上流子弟の特権的生活とともに転形期に特有なアナキーな自由をも、あわせ同時に享受していたのだった。

2　帝国都市から小パリへ
――「フリデリーケ・エーザーさま御許に」――

ゲーテの少年期から青年期を考えるとき、まず読まなければならないのは、もちろん自伝『詩と真実』である。彼はそこで誕生時の星々の位置から説き始め、やがて二十六歳の青年がヴァイマルへ、それが永住の地となるとは知らずに旅立つまでを振り返る。しかしまた、そこに書かれていることが、みなそのまま事実ではないことも、よく知られている。

この自伝のタイトル『詩と真実』をごく素直に取れば、自分が長い生涯に書いたさまざまな〈詩＝文学作品〉の背後にはどういう〈真実＝現実の事件〉があったかを、老年期に入った作家が読者のために明かしたものということになるだろう。そしてゲーテ自身も読者にそう信じ込ませたがっていた、あるいは自分自身が率先してそう信じ込みたがっていた節も見えるのだが、十九世紀の勤勉なゲーテ学者たちが調査に調査を重ねた結果、本人が記したところと事実との間には随分と違いがあることが判ってしまった。しかもそれはただの記憶の間違いとは言えない種類のものであって、その自伝そのものが、かなりの程度〈詩＝文学的虚構〉だったのである。

六十歳を前にして自伝の執筆を構想したとき、ゲーテは古い知人や周囲の人々に頼んで昔の思い出や手紙などの資料を集め、また図書館等で自分が生まれ育った十八世紀後半に関するさまざまな書籍を借り出して、熱心に勉強している。そのことから、そもそも『詩と真実』というタイトルそのものが初めから、執筆のために集められた各種データ即ち〈真実〉と、それを基礎に組み立てられた虚構即ち〈詩〉との関係を暗示しているのだという論も出てくる。〈詩〉とは過去の作品ではなく、もともとこの自伝そのものを指していたということになり、『真実と詩』という逆順のタイトルが一時考えられていたこともその傍証とされる。

閑話休題。いずれにしても『詩と真実』が事実を忠実に追った自伝ではないことは確かだが、では、それなら、〈詩＝文学的虚構〉としての自伝『詩と真実』が描き出しているものはいったい何なのか。そう考えると思い出されるのは、第二部に出てくるマリー・アントワネットのタペストリーである。

オーストリア王女マリー・アントワネットがフランス王国にお輿入《こしい》れしたのは一七七〇年五月だが、その時、十五歳にも足りない花嫁を迎え入れるため国境の町シュトラースブルクに仮儀式場が設けられた。そして同地に遊学中の青年ゲーテがそこを覗き見して、その壁に掛かる大きくきらびやかな絨毯に花嫁の未来を予告する不吉な絵柄を見つけて不安を覚えたという話だが、実は自伝『詩と真実』そのものが、いわば一人の青年の成育過程を縦の糸とし彼を取り巻く時代のさまざまな風景を横の糸として織られた、社会と人間生活についての巨大にして細密な壁掛け織物なのではないだろうか。そして、やがてフランス革命で処刑されることになる若き王夫妻の運命を予告していた（と若いゲーテが直感したという）華やかな壁掛けの不吉な図柄も、そこでは来るべき変動の時代の横糸となるべき風景のひとつなのである。

ゲーテと言うと教養小説という通念が、日本のみならずドイツ本国にも強くある。そして『詩と真実』もまた教養小説的自伝であると受け取られ、若かりし自分が誤り迷いつつもひとつの理想へ向かって自己形成してきた過程を振り返った本だと説明されることが、今でも多い。だが、教養小説の概念自体の是非をここで論じている閑《ひま》はないが、少なくとも『詩と真実』で描き出される世界は、教養小説の概念が無意識のうちに前提にしている目的論的な世界構造とはまったく無縁である。例えば王女お輿入れの仮儀式場に不吉な絵柄を見つけて興奮する青年の様子に彼の成長への契機を見つけ出すのは、かなり無理な話だろう。『詩と真実』の世界では細密にして巨大なタペストリーのように、生のさまざまな風景が互いに矛盾するものも矛盾しないものも、隣り合い重なり合って存在している。そこにあるのは、あえて言えば近世的豊饒《ほうじょう》さなのである。

振り返って考えてみれば、一八〇九年にゲーテが自伝を構想し始めたとき、その対象となる十八世紀後半の世界は既に決定的に過ぎ去った世界だった。この自伝でゲーテは生地フランクフルトを、神聖ローマ帝国に直属する伝統ある帝国自由都市として、誇りと愛着をもって描き出しているが、しかしその神聖ローマ帝国は既に一八〇六年に消滅し、フランクフルトもそれとともに独立を失って、再び自由都市となるには一八一五年のウィーン会議の決着を待たなければならない。『詩と真実』第一部でゲーテが幼年時代のフランクフルトの風景と魅惑を詳細に描き出したのは、まさにその間の一八一一年のことであり、その際、失われたものへの感傷的な哀惜の情をまったく見せない六十歳を過ぎたゲーテの強靭《きょうじん》な精神はまことに驚嘆に値する。彼はそのとき、今まったく新しい世界、彼の言葉で言えば「非文明の時代」が始まっていることをはっきりと知っていた。『詩と真実』でゲーテが振り返りつつ描き出したのは、いま現実となりつつある新時代とは根本的に違う、過ぎ去ったもうひとつの世界の風景と構造だったのである。

もう一度マリー・アントワネットのタペストリーの話に戻れば、ゲーテはそこで、その不吉な図柄が新王妃のパリ到着時に起きた不測の事故、更には彼女のその後の不幸な運命との見えざる連関のうちにあったことを、かすかに暗示するのだが、それは決してフランス革命の結果を見た人間が後から得意気に語る後知恵、偽予言ではない。世界が人間理性の介入によって目的論的構造を得る以前、生のさまざまな風景は、見えざる摂理によって結ばれた重層的な相互連関のうちに、危うくも豊かに存在していた——。そういう世界がかつてあり、自分もそのなかにいたのだと、彼はその自伝で語っているのである。

そして少年は、その危うくも豊かな連関のなかで、次第にひとりの青年になって行く。

『詩と真実』第一部の最後に近く詳細に語られるのは、一七六四年に古来の慣例に従ってフランクフルトで行われた神聖ローマ帝国の皇帝選挙とそれに続くヨーゼフ二世の戴冠式の様子である。それはゲーテの母方の祖父を市の最高官職に頂く、伝統ある近世都市フランクフルトの栄光の絶頂だった。語り手ゲーテはその輝く光景のなかに十四歳の少年ゲーテを登場させ、少年が初恋の相手グレートヒェンと腕を組んで、賑わう市内を有頂天になって歩き廻る様子を語る。

だが戴冠式の翌朝、事態は急転回する。まだ昨夜の幸せな想い出を反芻《はんすう》する少年をとつぜん夢から覚ましたのは、取り乱した母親の姿だった。市参事会議長の孫である少年は、その立場を利用して、遊び仲間たちの犯罪に加担したとの疑いを受けていた。しかもグレートヒェンを知ったのも、その仲間を通してだったのである。

幸せな戴冠式の翌朝の急転回――それはあまりに物語めいて見える。しかしそれが事実なのか詩なのかということはこの際、問わないでおこう。グレートヒェンが実在したのかどうかということも。それよりも、ここで語られているのは、繁栄する帝国自由都市フランクフルトの「不壊の平和と永遠の持続」の裏には、幼いゲーテがほっつき歩いた城壁沿いの小路にも似た利権と情実の迷路が張り巡らされていたということ、そして彼自身も上流階層の子弟であればこそそれと無縁に生きてきたのではなかったということなのである。

敬愛する祖父にして市の最高官職にある老テクスターの、旧約の族長たちにも似た穏やかで威厳に満ちた表情と、いま少年が発見した都市国家の政治の忌まわしい内情――。だが語り手はその両者を、一見の矛盾のままに放置する。それらもまたそれぞれに、生のさまざまな局面のひとつなのである。少年は時に生の展開を心行くまで享受し、時に生の急変に激しく動揺する。やがて、少年の心は故郷の町を見捨て、新しい世界への渇望でいっぱいになる。それは何かの結果ということではない。星の歩みとともに、自ずと時が熟したということである。ゲーテは記す。

「こうして時が至ると、子どもは両親から、下僕は主人から、恩顧をうけたものは恩人から、それぞれにわが身を解き放つ。ひとり立ちしよう、依存を断ち切ろう、自己のために生きようとするこうした試みは、成否の別にかかわらず、常に自然の意志にかなったものなのである」

一七六五年十六歳の少年ゲーテは、ゲッティンゲンで古典文献学を学ぶことを夢見ていたが、しかし父親の厳格な計画に従うほかなく、心ならずも法律を学ぶためにライプチヒに向かった。だが少年の心は、故郷を離れ親元を離れる喜びだけでもう充分に高揚していた。

古い中世の面影を濃く残す帝国都市からきた少年は、優雅で時代の先端を行くザクセンの町、小パリと呼ばれたライプチヒの三年間で何を経験したのか。少しばかりの法律の勉強。小パリの流行への同化と反発。自由で気儘な学生生活、町娘ケートヒェンとの恋物語。画家エーザーのもとでの絵の勉強。気の向くままに書き流される文学的習作とその焼却。そして突然の喀血《かっけつ》に襲われ、難破船のようによう故郷に帰りついたとき、少年は十九歳の青年になっていた。

親元で手厚く看護され小康を得た青年は、ライプチヒの女友達、画家エーザーの娘フリデリーケに生家での近況を告げ、ライプチヒでの日々を振り返る手紙を書こうとするが、言葉は自ずと韻とリズムを得て、詩となる。読む人を驚かすのは、その闊達《かったつ》さである。それはまぎれもなく天性の詩人の誕生を告げている。

二十四連百八十二行、さまざまな韻とリズムが交錯する。その魅力が日本語に移せればいいのだが。もとより抄訳。

フリデリーケ・エーザーさま御許に

拝啓　ぼくは
　乳歯はえかけの子どもみたいにむずかって
督促状もらった商人のようにおどおどと
気病み男みたいにひっそりと
メノー派信者のように品行方正に
子山羊みたいにおとなしく
また　時には花婿のように陽気にもなり
半ば病人　半ば健康に暮らしています。
総じて五体健全　首の腫れ物だけが困りもの。
腹立つことはわが肺が　舌の廻る速さに息を切らす。
御地で楽しんだあれやこれ
この地で見つからぬ数々を

舌は語ろうと意気込むのだけど。

ライプチヒで喀血したゲーテは、結核が疑われていた。その予後を報告しながら、たちまち転調して、そちらでの楽しみがここでは見つからないと嘆いてみせる十九歳の青年の軽薄にして軽やかな手管は、詩としても女性への慇懃《いんぎん》としても、鮮やかである。

そこでみんなは思い立つ　そんな奴には無理強いしても
生命《いのち》と元気と力を与えろ。
さればお医者さまの投薬は
キナの木皮の抽出エキス
若殿方のたるんだ神経
両眼《りょうめ》　手足の不具合　癒し
理性と記憶の復活　強化。

一時は生命も気づかわれた自分の病状について語り、それを嘆く振りをし、実際嘆いてもいるのだが、同時に詩行は自己憐憫《れんびん》に溺れず、実に軽快に流れて行く。

特に心に掛けておっしやるは
不摂生の悪しき報いを
規律をもって回復せしめよ
自らにうち克つことこそ肝心かなめ。

昼日中　そして取り分け夜にもなれば
心身刺激物の想起は無用!
おお　なんたる命令　絵描きの我に。
刺激的なる魅惑の姿に　心奪われるこそ絵ごころの常。
ブシェの少女は壁から消え失せ
代わりに掛かるは　老女の肖像
深き年輪刻む顔
半ば欠けたる歯の並び
冷たく描くはG・ドウの作とこそ知れ。
許されるのもワインにはあらず
退屈至極の大麦飲料。

（中略）

年齢《とし》若くして　身体は老い
半ばは病んで　半ばは床上げ
気分はひたすらメランコリック　メランコリック！
この苦悶苦衷《くもんくちゅう》は秘薬のアルラウネ
六度飲もうと　癒されない。

こう嘆いてみせたあと、青年は「どんな傷でも癒す香り高き塗り薬／わが愛する話相手さえ見つかれば」、そうした苦痛にも耐えられるのだが、この土地では貴女ほどの人は見つからずと、今度は堅苦しいフランクフルトの女たちと魅力的な〈貴女〉との比較を何連にもわたってしゃべり続ける。

断っておくが、ゲーテにとってフリデリーケ・エーザーは気の置けない友達で、数篇の詩を捧げもした間柄だが、恋人というような関係ではない。だがゲーテは気持ちの赴くままに自由に言葉を躍動させて行く。「あの意地悪な子」というのは、ライプチヒでの恋人ケートヒェンのことである。

あの意地悪な子に苛められ
不満憤激　町の外へと飛び出した

ぼくは大胆不敵にも
夜も明けぬのに貴女を探し
貴女の好きな野原を歩き
（中略）
朝の光を顔に受け　希望に燃えて貴女を求め
貴女を探して　見つからず。
むずかるぼくは　腹立ち紛れに
朝日に光る蛙を叩き　あたり一帯駆け回り
そして捕まえたのが
詩の一行だったり　蝶々だったり。

詩も蝶々も大抵は
延ばした手から逃げ去った
それというのも　森のなかから聞こえる響き
あっ　あれは　誰ぞの声か　足音か――
と思わず耳を澄ます故
わが手がお留守になったのです。

ライプチヒの散歩道。18 世紀後半。
Goethe-Museum Düsseldorf. Anton-und-Katharina-Kippenberg-Stiftung.

昼間はそんな歌をうたい
夜はうちにてペンを取り
いいのも悪いのも書き付けたのが
貴女に差し上げた詩なのです。

そして、この自分のことを思い出し、自分の詩を手元において歌ってくれと頼んだあとで、今度は勝手に相手の気持ちになってみせる。

あの岸辺で待ち暮らしたのね　あの人は
つれない運を無駄に頼んで
野の美しさなど感じもせずに。
いま　この瞬間に岸辺に来れば……
……ちゃんといるのに　わたしがここに。

(„An Mademoiselle Oeser zu Leipzig")

この手紙を受け取った才気煥発《さいきかんぱつ》のザクセン娘は迷うことなく、「詩と嘘は姉妹であるようですね」と返事した。まことに正しい返事である。だがゲーテの自伝表題も示唆するように、詩と真実が姉妹であることもまた確かである。この詩を書いた十九歳のゲーテは嘘と真実の間を飛び交う詩の言葉の魅力を既に知り、〈厚かましくも嬉々として〉それに身を任せている。「厚かましくも嬉々として」とは、やがて二十数年後、中年に達したゲーテが選ぶ短詩の題名である。

3　青年の至福、そして暗い影

――「五月の祭り」――

文学的テキスト、特に詩の翻訳は本質的にむつかしい。だがどんなテキストであっても、原文のリズムと内容に耳を澄まし、そこで聞き取れたものを、特定の言語を越えた、人間の生の普遍性のなかで捉え返して行けば、何とか翻訳への道はひらけてくるはずだ……。

翻訳をするときは、いつもそう信じて仕事をしているのだが、しかしこの「五月の祭り」ばかりは、ほとんど翻訳不可能に思えることがある。

別に難解な詩ではない。むしろ、ただ単語を並べただけと言ってもいいくらいの、ごくごく単純な詩であり、その単語もこれ以上に基本的な単語はないと言えるくらいの簡単な単語ばかりである。だが、そうだからこそ、その単純さからほとばしり出る生命の輝きは、どう翻訳すれば伝わるのだろうか。

教師として私はいつも学生に、迷ったときはまず直訳してみろと言う。今回もできるだけ直訳に助けを求めてみよう。とは言っても、完全な直訳もまた不可能なのだが。

「五月の祭り」は、推定一七七一年五月、ゲーテ二十一歳、遊学地シュトラースブルクに近い小村ゼーゼンハイム滞在中の作で、「ゼーゼンハイムの歌」と呼ばれる一群の詩のうちのひとつ。原詩は強音二つの簡潔な詩行が四行で一連を構成し、全体で九連三十六行。連の二行目と四行目が簡単明瞭で力強い男性韻（強音の韻）を踏んでいる。

五月の祭り

なんと素晴らしく
光る自然！
なんという太陽の輝き！
なんという野の笑い！

花また花が　枝々から
ほとばしり出る。
灌木のしげみからは
数知れぬ声また声が。

そして喜びが　悦楽が
誰の胸からもほとばしる。
おお　大地よ　太陽よ！
おお　幸せよ　快楽よ！

おお　愛よ　愛よ！
その金色《こんじき》の輝き！
あの丘々にかかる
朝の雲にも似て。

君は早朝の野を
壮麗に祝福する
花々にけぶる
この欠けることのない世界を。

おお　少女よ　少女よ
なんとぼくは君を愛することか！

君の目のなんという輝き！
君はなんとぼくを愛していることか！

そのように　雲雀は
歌と大気を愛し
暁の花々は
空から降りる朝霧を愛し

そのように　ぼくは君を愛する
暖かい血の脈動とともに。
君はぼくに若い日々と
新しい歌と踊りのための

喜びと勇気を
贈ってくれる。
君よ　永遠に幸せであれ
君のぼくへの愛のように！

（„Maifest“）

「この欠けることのない世界」と二十一歳の青年は恋人へ向かって、ためらうことなくうたう。単純な言葉の、ほとんど同義反復からなるこの詩に充ち溢れているのは、自然と自分と恋人の三者の間の完全な一体感覚であり、何ひとつ欠けるところのない完全な幸福の感情である。自分と自然、自分と恋人、恋人と自然の間には、髪一筋の違和感も、疑惑、迷いも入り込まない。

考えてみれば、古代、中世はいざ知らず、人間がいつしか強い自己意識を持つようになって以来、詩はいつも自分と世界との間の齟齬《そご》、自分と他者との間の齟齬、そしてその隙間に落ち込んだ哀れな自我の嘆きばかりをうたってきた。とすれば、いま読んだこの最終連、この最終行を持つ「五月の祭り」は、ほとんど近代詩の資格に欠けると言うべきだろう。この詩に溢れる至福の感覚は近代の人間にとっての禁断の木の実であり、その禁断の実を享受してしまった幸福と不幸が、その後、死に至るまでゲーテを離れない。例えば連載第一回で触れた「始源の言葉。オルフェウスの秘詞」とそれへの自注――その両者のややっこしい関係も、老ゲーテにおける〈禁断の実後遺症〉の一局面である。

だが、いまはまず、一七七一年の五月と推定されるこの詩の成立までの青年ゲーテの生活、その二十から二十二に至る歩みに戻り、それを足早に辿ることとしよう。

前章でも書いたように、一七六八年、父親の期待した法律の勉強は中途半端なまま、病気になってライプチヒからフランクフルトの親元へ「難破船さながらに」舞い戻ったゲーテは、周囲の心配をよそに、才気溢れるザクセン娘フリデリーケ・エーザーに才気と闊達さを競い合うような詩の手紙を出したりして、まずは上機嫌に暮らしていたのだが、その直後また病状が突然に悪化し、ほとんど生命の危機にさらされることになる。それを肉体的に救ったのは詩にもちらと姿を見せた、世評高き名医ドクトル・メッツの門外不出の秘薬であり、精神的に支えたのは母親の年長の友人で敬虔主義的信仰に深く帰依していたズザンナ・カタリーナ・フォン・クレッテンベルクだった。この女性の生涯は、のちに『ヴィルヘルム・マイスターの修業時代』のなかの「美しき魂の告白」の原型となる。

このとき、彼の命を救った門外不出の秘薬の実体が何であったかは判らない。だが、ドクトル・メッツの暗示でその背後に神秘的な錬金術的秘法があると思い込んだ青年は、重患からの回復後さっそく屋根裏部屋に実験用の炉その他を備えつけ、自ら錬金術の研究に取りかかる。そこには、自身、錬金術に強い関心を示していたフォン・クレッテンベルクの影響も大いにあった。同じフォン・クレッテンベルクの影響でウェリング『魔術ユダヤ秘教書』を熟読もし、またアルノルト『教会と異端の歴史』も愛読書となった。ゲーテは『詩と真実』でこの時期を回想し、そうした「超感覚的な事物」への関心が自分を捉えていたと述べる。

まだ半ば少年であったゲーテの心を引きつけた錬金術、敬虔主義、神秘主義、異端派――。互いに関係があるようでいながら、いまひとつはっきりしない取り合わせであるような気もするが、しかしみな「超感覚的な事物」と関わるものであることは確かである。逆から言えば、みな〈現世での現実的営み〉から、いかほどか距離のある事柄である。わが家に戻りながら病床で再び死の姿を見た青年は、この時期、暫く地上の栄華と快楽を離れ、また父親の期待していた現実界での活躍と出世にも背を向けて、現世を越えた生と死の広大な空間へと心を誘われたのだろう。

だがそういう青年の様子が、気難しい父親の気に入るはずはない。父親は財産も学歴もありながら、職人の家系と頑なな性質故に帝国都市フランクフルトの公的な生活から疎外され、孤立した日々のなかで息子の成長と出世をほとんど唯一の希望として暮らしてきたのである。父は息子に、病気が治ったのなら、次は早くシュトラースブルクへ行って法学博士になれと言う。当時フランス領であったシュトラースブルク（＝仏名ストラスブール）で博士号を取れば、ヨーロッパの中心パリへの道も開けるかも知れない。

息子にとってもそれは悪い話ではなかった。身体が回復すれば、いつまでも屋根裏部屋での錬金術だけで満足できるはずはない。狭いフランクフルトは動物の巣穴のように退屈で、息苦しい。法律の勉強はともかく、機嫌の悪い父親と顔を合わせなくて済むだけでもシュトラースブルクへ行く価値はあった。

一七七〇年春、病癒えた青年はいま一度の青春を享受するためにシュトラースブルク遊学へと旅立ち、その秋、近くの小村ゼーゼンハイムで田舎牧師の娘フリデリーケ・ブリオンと出会った。そして冬から翌年春へかけて、本章冒頭でわれわれが読んだ「五月の祭り」など、一連の至福の恋愛詩「ゼーゼンハイムの歌」を書くことになったのである。

前節で読んだ、フランクフルトの病床からフリデリーケ・エーザーに宛てた手紙の詩において既に、詩人としての天性はきらめくように飛び散っている。だが、それはほとんど軽薄なまでに

ゼーゼンハイムの牧師館（フリデリーケの生家）。ゲーテ自身による素描。
Nationale Forschungs- und Gedenkstätten der klassischen deutschen Literatur in Weimar.

才気煥発な青年の多才多能ぶりの一例、多面的な生活の一局面に過ぎなかった。しかしこの「ゼーゼンハイムの歌」に至って初めて、軽佻浮薄な青年の撥《は》ねて弾む多彩な生命の力が、一瞬ひとつの対象へ向けて集中され、かつそれが詩において奇跡のような表現を獲得したのである。フランクフルトの病床における「超感覚的な事物」への関心が、ともすれば現世のなかで気の散りがちだったこの青年の心を自ずとひとつの焦点へ凝縮させたのだとも言えよう。

普通ゲーテの伝記は、シュトラースブルク期のゲーテに決定的な影響を与えた要因として、聖堂のゴシック様式の美の発見、シェークスピアを賞揚した批評家ヘルダーとの邂逅《かいこう》、美しいアルザス地方の自然との出会い、そしてフリデリーケ・ブリオンとの恋愛を挙げる。だが、い

まずべてをひっくるめて一言で言うなら、ゲーテはここで一瞬、世界、そして生命との完全な親和状態にある自分、という幻想と出会ったのだと言えよう。「ゼーゼンハイムの歌」、そして「五月の祭り」は、その奇跡の光芒に他ならない。

だがドイツの古い伝承では、自分の影、自分の分身との出会いは、死の予告であるという。ではゲーテにおける至福の自分という幻想との出会いは、いったい何の予告であったのか。

推定一七七一年六月十二日、つまり「五月の祭り」とほとんど同時期の日付で、ゼーゼンハイムからシュトラースブルクにいる年長の友人ザルツマンに宛てた手紙が残っている。

「ぼくは戻る、いや戻らない、いや――すべてが終わったら、自分にも今よりはもっとよく判るだろう。外も内も雨が降り、不愉快な夜風が窓の前の葡萄の葉むらを騒がせ、わが定めなき魂は向こうに見える教会の塔の風見鶏のように、終日〈まわれまわれ〉をやっている。(中略)よき長文を仕上げ、しかるべきときにピリオドを打つのは難しい。女の子たちはコンマもピリオドも打たない。女の子というものの性質を飲み込んでいれば、不思議とも言えないことだが。(後略)」

四十年後、六十歳を越えたゲーテは同じ事柄を『詩と真実』で回想する。

「……フリデリーケに対する情熱的な関係が私を不安にし始めた。（中略）フリデリーケはいつも変わらなかった。彼女は、この関係が間もなく終わりうるということを考えていないし、考えるつもりもないように見えた」

この引用部分のあとに老ゲーテは男女の別離におけるそれぞれの立場について、あれこれと考察を付け加える。だが、いかに考察しても事実は変わらない。青年ゲーテは「五月の祭り」の至福の一瞬の次の瞬間に、フリデリーケを捨てた。いな至福の一瞬の間にすら、別れを告げる風見鶏は不吉な風にからからと鳴っていたのである。

一七七一年八月、試験に落ちて法学博士になり損ねたゲーテは、代わりにリツェンティアート（ライセンス獲得士）なるタイトルを手にし、弁護士になるために生地フランクフルトに戻り、そこからゼーゼンハイムへ宛てて別れの手紙を書いた。

何故ゲーテがフリデリーケを捨てたのかということに関しては多くの論考が書かれたが、みな結局は推論の域を出ない。ただひとつ確かなのは、そのとき以降、何の留保もないまったき至福の感覚は彼の人生から決定的に失われたことである。

フリデリーケ

更に加えて、戻ってきたフランクフルトでは、1章で述べた嬰児殺しの事件とその結末がゲーテの心を震撼させる。

ある暗い影がゲーテの心の底に棲みついた。この時期に続く疾風怒濤《しっぷうどとう》期の詩は、宇宙的とも言うべき深い悲劇的感情に支配されることになる。それが、禁断の実を享受し、至福の幻想と出会ったことへの報酬なのだった。

この暗い影の出現をフリデリーケへの罪意識のためだと言うのは、必ずしも正確ではないだろう。ゲーテが罪意識を持たなかった訳ではない。風のままに軽佻浮薄に廻る風見鶏は、相手の心の揺れ動きにも敏感に反応して空しくからからと廻る。フリデリーケが心に受けた深い痛手はゲーテにも深い傷を負わせた——多くのゲーテ伝に従ってそう言ってもいいだろう。但しそのとき、ゲーテの非難の矢は相手を裏切った自分へは向かわずに、生の不当な構造へと向かうのである。

自分はただ自然と恋人と自分との欠けることなき一体感に、あの至福の感覚に、ためらうことなく身をゆだねただけだ。何故その結果、何の罪もない自分が罪の意識に責められることになるのだ！　それは生の構造的欠陥ではないか！

世界に対する憤懣《ふんまん》が彼を突き上げる。やがて来る疾風怒濤期の詩の宇宙的悲劇感情の底にあるのは、その憤懣である。

それを脇から客観的に説明すれば、ゲーテはそのとき自分を人間相互の社会関係において見ることを拒否し、自然と自分との、いきなりの、無媒介的対決を要求したのだと言えよう。

だがいかに神の寵児ゲーテといえども、人間は所詮、社会内存在である。いかに憤激し、拒否しようとも自己のなかに内面化された社会、すなわち罪意識は消えない。その不当でしつこい罪意識から自分を救済するには、過去を忘れるしかない。こうして、〈忘却の健やかさ〉という観念がゲーテを捉える。

やがて中年に至って五十代半ばのゲーテが書き上げた『ファウスト第Ⅰ部』最終場で、嬰児殺しで処刑される恋人グレートヒェンを見殺しにしたファウストは、最晩年の大作『ファウスト第Ⅱ部』の冒頭に再び姿を現し、美しい自然のなかで一夜昏々《こんこん》と眠り続ける。そして目覚めたときには、捨てた恋人にまつわる過去の記憶はすべて忘却され、壮年のファウストは悪魔メフィストーフェレスと罪意識なき健やかなる心とを二人の道連れとして新たなる大世界での冒険へと旅立つ。

そしてファウストがグレートヒェンと再会するのは、『第Ⅱ部』末尾、彼が地上の快楽を味わい尽くしたのち、悪魔との契約の時が満ちてその肉体が死に、「かつてグレートヒェンと呼ばれし贖罪《しょくざい》の女」が彼の罪深き魂を救済するために、聖母マリアの許しを受けてそれを天上へと導くときである。その結末のあまりの身勝手さは十九世紀以来、道心堅固な読者たちの義憤をくりかえし誘わずにはいなかった。

だが事情は道心堅固な読者たちの考えたより、もう少し複雑だった。あるいは、更に身勝手だったと言うべきかも知れない。ファウストは過去を忘却できても、それを書いたゲーテが忘却できたわけではない。ゲーテは忘却したのではなく、忘却した振りをしただけだった。フリデリーケにかかわることだけではなく、忘れなければならない事柄は年とともにふえていったが、ゲーテは都合の悪いことはすべて忘れた振りをする、いや本当に忘れることにした。だが、本当に忘れることにしたとは、本当に忘れたことなのだろうか。

そのとき、かつて心の底に棲みついたあの暗い影はすべてを飲み込むブラックホールになる。そこで渦巻いているのは忘れてもなお残る決定的記憶であり、かつ人生の不完全さへの憤懣である。ゲーテの作品は、たとえ明るく振る舞って見せていても、すべてその暗い空洞から浮かび上がってきた。ことによったらその暗い空洞を、自然と社会との相剋《そうこく》と名付けていいのかも知れない。

もっとも、ゲーテがその暗い空洞から最終的決算書を請求されるまでには、まだ彼が生きるべき生と歴史の様々な局面が残られている。

4　華やかなる文壇登場と絶対的喪失の感覚
——「トゥーレの王」——

バラード（物語詩）「トゥーレの王」は、一七七四年、ゲーテ二十五歳の作品である。ゲーテは時としてこの詩を南の香りのする言葉を用いてロマンツェと呼んだこともあったようだが、極北の国トゥーレの王の生と死を語るこの詩には、やはりイギリス渡来の言葉であるバラードという言葉こそがふさわしい。バラードも元をただせばロマンス語系統の単語ということにはなるのだろうが、しかしゲーテの時代のドイツにとってのこの言葉は、詩人シェークスピアの母国でもある、ゲルマン民族の国イギリスから渡ってきた用語だった。

同じ時期、ゲーテはヘルダーの影響もあって民謡に気を引かれ、民謡採集の真似事もしながら、自分でも民謡調の詩をいくつか作っている。そして「トゥーレの王」にも語法その他、明らかに民謡の影響は見て取れるのだが、しかし例えば「童は見たり」という訳詩でよく知られている民謡調の詩「野薔薇《のばら》」が生活のなかの小情景を歌っているのと比べた場合、古代王国の黄金時代の終わりを嘆きつつ歌う「トゥーレの王」は、やはりバラードとしか呼びようがない。たとえその長さがバラードとしては多少短か目であっても、である。老年のゲーテも『詩と真実』十四章で若き日のヤコービ兄弟との曇りなき友情を振り返りつつ、彼らとの円居《まどい》の席で「私のもっとも大事なバラード」を吟唱したと、「トゥーレの王」と「不実な若者」の名前を挙げて言っている。

では、その「トゥーレの王」を読んでみることにしよう。ヤンブス（弱強格）三つで成り立つ詩行が二行で一組、但し行末は弱音強音と交替して、それが二組で四行——弱音で終わる女性韻と強音で終わる男性韻をａｂａｂと交互に踏んで四行一連を構成し、それが全部で六連、二十四行。行頭が常に弱音で、ゆるやかに正確にくりかえされる詩のリズムは、深い海の穏やかで嘆くような波の動きを思い起こさせる。詩はその波に運ばれつつ、ときおり民謡とも共通する素朴で古風な語法を交えながら、急ぐことなく悲痛な情景を物語って行く。

ゲーテ自身が意識して擬古的な語法を用いているので、訳詩にも自ずと古風な文語的語法が混じり込む。また定型的性格の強い詩なので、訳詩にも日本語の定型感覚が入り込まずにはいない。

トゥーレの王

昔トゥーレに王ありき
七生《しちしょう》誓うその王に
妹《いも》は黄金《こがね》の盃を

形見に与え　みまかりぬ。

残されし王は盃を
またなきものと慈《いつく》しみ
宴のたびに干しけるが
ただ溢れるは涙のみ。

やがて齢《よわい》の尽きむ時
国に数ある町々は
すべてを御子《みこ》らに譲れども
盃のみは留め置きぬ。

世継ぎを祝う晴れの宴《えん》
海原見下ろす城高く
祖先をしのぶ大広間
騎士らあまたに居流れぬ。

老いた飲み手はそこに立ち
これを限りの生命《いのち》の火
飲み干し　小暗き海原へ
いとしき盃　投げ放つ。

盃は落ち　波にひるがえり
水底《みなそこ》深く沈み行き
目を打ち伏せし老王は
飲まずなりにき　雫《しずく》だに。

（„Der König in Thule“）

この詩を支配しているのは深い喪失の感覚である。すべては失われ、二度とふたたび戻ってこない。その思いが音と意味のうねりにのって、読むものの心にくりかえし打ち寄せてくる。

死のイメジが既に冒頭から、詩の空間を充たしている。死んでゆく王妃ばかりではない。その王妃に現世の果てを超えての貞節を誓う王の周辺にも生の有限性の意識が濃く漂っている。王と王妃が相並んで支配の座にあって、限りなく仕合わせだった、欠けることなき黄金時代は、王妃の死とともにその終わりへ向かって、急速に傾き始めたのである。

やがて第三連、自分の死期を悟ったとき、王は自らの国を分割して、子らに分け与える。ひとつの王国がそのまま宇宙であった時代――それこそが黄金の時代であろうが、それは終わりを告げ、いま諸国並立の時代が始まる。大広間に騎士たちが集う老王の宴は、至福と調和の太古の時代の終わりを告知し、対立と闘争の歴史時代の始まりを知らせる儀式である。

宴がまさに頂点に達したとき、王は自分の手で王妃の形見の盃を海に投げ放つ。それは王が、黄金時代が決定的に去ってしまったことを、誰よりもよく知るからに他ならない。小暗い海へ落ちて行く盃の黄金の輝きは黄金時代の最後の輝きであり、それが波にひるがえりながら、海底深く沈んで行くとき、太古の黄金時代はいま一度、決定的に失われる。黄金の盃は、王と王妃が相並んで支配の座にあって限りなく仕合わせであった至福の黄金時代の記憶そのものだが、その至福の記憶さえもが深い海の底に沈む。すべては決定的に、最終的に失われ、ふたたび回復することはない。

さて、この悲劇的な宇宙感情と絶対的な喪失の感覚に満ちた詩「トゥーレの王」を書いた一七七四年は、ゲーテにとってどういう年であったか。そのことを思い出してみると、私たちは詩人の実生活とそこから生み出される作品との連関について、いま一度ゆっくりと考えてみたくなる。それと言うのも、この一七七四年は、ゲーテが世間的に、いわば得意の絶頂へと登りつめて行く年でもあったのである。

当時のゲーテの生活を簡単に追ってみれば、一七七一年の夏の終わり、フリデリーケを捨ててフランクフルトに戻った二十二歳のゲーテは、差し当たりそこで弁護士を開業するかたわら、シェークスピアに熱狂したり、フランクフルト内外の友人たちとの付き合いを深めたりしながら日を送る。特にフランクフルトからあまり遠くない都市ダルムシュタットに集まる同年代の人々のサークル、いわゆる〈感傷的世代〉の友人、知人、女友達らとの〈真情を吐露し合う〉交友は深まり、その地への、ざっと二十キロ余りの行程をくりかえし徒歩で通うゲーテは、仲間たちから〈さすらいびと〉と仇名されていた。ゲーテはそういう生活のなかで批評、詩、芝居その他あらゆる種類の文章を、これと決めることなく書き散らし、それを年長の友人メルクが主幹となった『フランクフルト学芸報知』などに発表し始める。

もっともゲーテはそれによって、今で言うところの職業的作家になることを目指したわけではない。当時のドイツにはそもそもそういう概念がなかった。作家とは、漱石風に言えば世の〈尋常なる人士〉が、尊敬さるべき市民的職業のかたわらに携わる精神的ないしは美的な営みのことであって、ゲーテもまた、かつてライプチヒのフリデリーケ・エーザーへの手紙が自ずと詩になったように、あるいはまたゼーゼンハイムのフリデリーケへの想いが即興の詩となって手紙のなかに美しく散乱したように、ここでもただ心の命ずるまま赴くままに、自分の内面に浮かび渦巻くイメジ、想念を、さまざまな形で言葉にして行っただけである。

だが彼がこの時期、〈尊敬さるべき市民的職業〉である弁護士の仕事のほうにどれだけ本気に取り組んでいたかということになると、それもまたきわめて疑わしい。フランクフルトで弁護士登録をしたゲーテが一七七五年末にヴァイマルへ旅立つまでの数年間に処理した訴訟は、同じように弁護士資格を持つ父親や書記の助けを大幅に借りながらも二十八件に過ぎず、また特に複雑な事件も、そのなかになかったようである。一七七二年には若い法律家の必須教養コースであったヴェツラルの帝国高等法院の実習生となり、そこで三ヵ月の法務研修を積んだことになっているが、その間も婚約者を持つ十九歳の少女ロッテ・ブッフへの見込みのない恋に忙しく、どれだけの研修成果が上がったかは定かではない。

このヴェツラルのロッテがやがて小説『若きヴェルテルの悩み』の女主人公ロッテのモデルとなったことはよく知られている。二十世紀小説の大家トーマス・マンはそのことを踏まえ、ゲーテをこの初めから無理と判った恋へと駆り立てたものは、題材を求める作家の職業意識ではなかったかと疑っているが、それは語るに落ちたというものだろう。恋のさなかにあってもそれを作品にどう生かすかを考えずにはいられなかったのは、自意識過剰の近代作家マンであって、ゲーテではない。ゲーテは恋のさなかには恋のことしか頭になかった。そこには文学もなく、法律実務の習得もなかった。そのことが、例えばロッテに失恋してのヴェツラルからの帰り道にはライン河畔エーレンブライトシュタインに当世流行の女流作家ラ・ロッシュのサロンを訪ね、早くも十六歳の令嬢マクシミリアーネ、通称マクセに慇懃を呈してみせる、軽佻浮薄この上ない青年の持つ、彼としての真実であり、誠実さだった。

ついでに言えば、このマクセ・ラ・ロッシュはのちにフランクフルトの富裕な商人ブレンターノ家に嫁する。そしてその娘、ロマン派の才媛ベッティーナ・ブレンターノはやがて二十二歳の若い女として、いやほとんど少女として、幼くして失った母の知人であったヴァイマルの大臣ゲーテを訪ね、慇懃な宮廷人の心を一瞬動揺させて、ゲーテ家の不安定要因となるが、それまでにはまだおよそ三十五年の年月が経たねばならない。

職業としての作家を目指すのでもない。駆け出し弁護士としても、まったく不熱心である。それがこの前後のゲーテである。とすれば、要するに暮らしの心配のない金持ちの子弟が、今日何をやるかはその日の気分次第という、至って気楽な生活を送っているように見える。そしてゲーテの生活は、事実その通りであったのだろう。だが学業を終えた青年は必ず将来の目標を見定めて、それへ向かって一直線に歩み出すものだというのもまた、ことによったら現代に生きるわれわれの偏見なのかも知れないのである。少なくともゲーテ本人、そして彼の周辺も、更にあの気難しくて息子の出世が生涯の目的となっていたかに見える父親でさえも、彼の目標の定まらぬ生活を苦にしていた様子は、あまり見えない。小旅行をしたり、手紙を書いて心を打ち明けたり、家に籠もったりしながら、時に悩み、時に楽しみ、ゲーテは忙しく日々を送っている。若い青年の人生は、そういう具合に暮らしているうちに、自ずと決まってくる。自分が決めるというよりも、周囲の偶然があれこれと重なって、自ずと道がついてくる。

それは運命というほど大袈裟な事柄ではなく、星の巡り合わせとでもいった程度のものであって、当時の人々の手紙などを拾い読みしていると、彼らはそう考えていた、というより、そう感じていた節が見える。

そして事実ゲーテの未来もやがて、星の巡り合わせとでも呼ぶしかない偶然の連鎖で決まることになるのだが、それもまだもう少し先の話であり、今のところ、二十そこそこの青年は繁栄する近世都市フランクフルトでまだ何の予感もなく、旧い町の閉塞した空気に時折ぶつぶつ不満を洩らしながら気楽な毎日を送っている。ついでに言えば、捨てたフリデリーケのことではたまに胸がちくちくするが、しかしそれはそれだけのことである。

この頃ゲーテは、いま残っているものの他にもいろいろの詩や作品断片を書き散らしていたらしい。例えば手紙の片隅とか訪問先の来客帳、あるいはまた手元の紙片のあれこれに書き付けられ、同席の友人たちの前で読み上げられ、褒めそやされる。そしてやがて忘れられ、捨てられ、焼かれ、失われる。

そのこと自体は、時代の習慣であり、特別のことではなかった。ゲーテにおいて特別のことがあったとすれば、それはいま残っている作品や偶然に発見された断片から推察して、そうやって失われたものもまた、輝き弾む言葉の交錯であったに違いないということである。それは溢れ出る若い才能と生命のこの上なく贅沢な浪費であった。

だが、われわれはそのことを嘆くことはできない。それと言うのも、その惜しむことのない浪費――自分から溢れ出る言葉を作品とは考えずに、ただ瞬間の輝きのためだけの存在、いや瞬間の輝きそのものとして、惜しげもなく使い捨てにする若々しさ――そのことこそが、そこから残って今われわれの手元にあるこの時期の作品の、今もなお失われることのない輝かしい生命力と自由さの源泉なのである。

それは別の言い方をすれば、一見、近世風の生活を気楽に楽しんでいるこの青年の生の空間のなかで、いま近づきつつある歴史の巨大な転形期を予感する若々しさが、同時に息づいていたということなのだった。

やがて一七七三年、ゲーテはシェークスピアに倣って書いた力強い反古典主義的戯曲『鉄の手のゲッツ・フォン・ベルリヒンゲン』を友人メルクと共同で自費出版し、前代の生気なき擬古典主義と断絶した、新時代を代表する若き劇作家として注目を浴びる。そして翌一七七四年の九月に出版された『若きヴェルテルの悩み』によって疾風怒濤（シュトルム・ウント・ドラング）と呼ばれる若い世代の文学を代表する、当代随一の人気作家になった。


こうして当時のゲーテの生活を素描してみれば、同じその時期にあれほどに深い喪失の感情に充たされたバラード「トゥーレの王」が生まれたのは、ほとんど不思議に思われる。今回の冒頭でも述べたように、ゲーテがヤコービ兄弟との席で「トゥーレの王」を吟唱したのは『若きヴェルテルの悩み』が三月に完成し、秋の出版を待っている一七七四年の夏だった。そのときゲーテはすでにドイツの読書人の間で新進の書き手として名を知られた存在であり、当時の有力な思想家ラーヴァターと教育家バーゼドウが面識を得たいとわざわざ訪ねてきている。彼に日々の生活を楽しむ理由こそあれ、嘆く理由はなかった。

だがカメラを引くと、風景はまったく違って見えてくる。あのゼーゼンハイムでの至福の瞬間のあと、ゲーテはそれが二度と戻らぬ時間であったことを知らずにはいなかった。そして少し口早に言えば、あの至福の背後にはまずゲーテの個人史における仕合わせな少年時代が隠れていたのであり、更にその背後には、個人史を越えて、歴史の変化を直前にした転形期初頭に特有の幻想、「欲することは充たされる」という黄金の幻想が隠れていた。ゼーゼンハイムの至福の瞬間が去り、裏切りの自覚が生まれたとき、崩れたのは恋の仕合わせだけではなく、その転形期の幻想だった。そのあとゲーテの作品を支配するのは、人間は欲するものを決して手にしえないという、いわば人類史的な喪失の感覚である。そしてそれこそが彼に、無限に高揚する感情とその失墜を描く『若きヴェルテルの悩み』を書かせ、彼を疾風怒濤期を代表する作家にしたのだった。

太古の黄金の時代の終わりを深く嘆く「トゥーレの王」が一七七四年に歌われたのも、決して偶然ではなかった。優れた作品に現れるのは、決して作家の日常の感覚ではない。それは作家の存在の一番の深み、彼の無意識の底に沈む世界と歴史の認識なのである。

そしていま無意識のうちに予感された社会の転形期は、十数年後、ゲーテの前に隣国フランスの革命としてその現実の姿を現すことになった。

5　ヴァイマル宮廷での実務と詩
――「ハンス・ザックスの詩的使命」――

ゲーテには、なかなか説明しにくいところがある。

それは理解しにくいというのとは少し違う。長年読んでいると、そのときどきのゲーテの心の動きや考え、あるいはむしろ表情、気分といったものは、こちらの思い込みかも知れないが、ありありと見て取れるような気がする。だが、それを言葉にしてみると、自分の受け取っているゲーテの姿がそれを読む相手に充分に届いているのかどうか、いつも心許ない。

その理由としてはいろいろのことが考えられるが、そのひとつを挙げれば、ゲーテが発言においても行動においても、自分の矛盾ないしは揺れを少しも気にしなかった人だということがある。もちろん誰でも矛盾は避けがたいが、凡人はそういうとき、とかく自分の矛盾を気にして中途半端になる。だがゲーテは相反する両極の二点の間を平然と往復し、しかもそれぞれの極にあるとき、それぞれの極での在りように徹して、そこに少しの中途半端さもない。

例えばゲーテは時として、厚顔無恥とは違うのだが、ひどく厚かましい。「厚かましくも嬉々として」という短詩があることは前にも触れたし、老ゲーテが親しい人々の前で時折メフィストーフェレス風に狡猾《こうかつ》な笑いを笑って見せたということも伝えられている。だがそれでいて、同じゲーテがまた時としてはひどく素直になり、ひどくしおらしい。シュトラースブルクでヘルダーと知り合ったあとも、その影響に全面的に身をゆだねる気持ちを表明した殊勝な手紙を何通も書いている。

もちろんそのときヘルダーは新進の批評家として知られつつあり、ゲーテはまだ一介の学生であった。だがむしろそうであればこそ、自らの才能を恃《たの》む若者なら五歳年上の男を殊更に傲然と無視して見せても不思議ではない。ゲーテ自身その数年後、名声高き詩人クロプシュトックが忠告の手紙を送り、後進作家ゲーテの無軌道な生活振りをドイツ文学の将来という高い見地からたしなめてきたときには、木で鼻を括《くく》ったような返事を書いて、きっぱり干渉を撥ねのけている。

一方で完全に自分を無防備に開放して、他者の影響に全面的に身を晒《さら》す受容能力。他方で慣習や友情や世間の声などには眉ひとつ動かさず、冷然と他者を切り捨てる拒絶能力。この対比的な両者は、ゲーテにおいてくりかえし現れる。

だがよく考えて見れば、そのまったく相反すると見えるふたつの性向のどちらの背後にも、世界は自分のために存在しているのだという、恵まれた幼年時代に培われた深い確信が共通に存在していたのかも知れない。一方には、新年に祖父母宅で大人たちの期待に素直に応えて祝福の詩を捧げる少年がいる。他方には、ゲーテの母親の回想に現れる、容貌の醜い子どもが同席していることを憤って泣き止まなかったという三歳の我が儘な幼児がいる。それはともに、旧い帝国自由都市の最高官職者の孫として育ったゲーテの特権的出自を思い起こさせる。

そこにいるのは一方で、まわりの世界が自分に対して好意を持っていることに何の疑念も抱かなかったし、また抱く必要もなかったゲーテであり、他方、もしその世界のなかに自分にとって不愉快なものが現れれば、それを排除することが自分にとっての生得の権利であることに一瞬の疑いも持たず、それを実行することに毛一筋のやましさも感じなかったゲーテである。

もっとも名家に生まれた二世たちがみなゲーテとなる訳では、もちろんない。恵まれた幼年時代を送り、時としては世に甘え、時としては威張り散らす傍迷惑《はためいわく》な人たち——そういう人たちのなかで、もしゲーテをゲーテとした特別のことがあったとすれば、それは彼が、いつ自分のすべてを外からの影響に全面的に委ねるべきか、またいつ外界からの干渉を断固として拒絶するべきか——その区別を常に直感的に、そして正確に知っていたという点にあった。

そして更に、何故彼においてその区別が可能であったのかを問うてみれば、われわれはもう一度ブーメランのように弧を描いてゲーテのエゴイズムの深さという問題に戻ってくることになる。ゲーテにとって大事なことはいつも自己のうちなる自然である根源的エゴの充実であって、そのためには自分の面子など捨て、凡そ無防備に自己を世界に晒すことも躊躇《ためら》わないし、また同じそのためには、冷酷無惨に他者を拒否して平然とその恨みの的ともなる。

不機嫌なヘルダーの過酷さを受け入れたのも、上品なクロプシュトックのお説教を撥ねつけたのも、ともにその深いエゴイズムの故だった。

あれは今からどれくらい前になるだろうか。もう古い話だが、「いい子、悪い子、普通の子」の三タイプのキャラクターが取りかえ引きかえ登場するテレビのヴァライエティ番組があったが、ゲーテは時としてひどくいい子に、時としてひどく悪い子に、あるいはまた同時にいい子で悪い子にもなる。ただ、普通の子であることだけは決してなかった。

一七七五年晩秋、二十六歳のゲーテは生地フランクフルトを離れヴァイマルへ移る。そのあと、一七八六年の夏の終わりにイタリアへの旅に出るまでの時期をふつう〈ヴァイマル初期〉と呼ぶが、その約十一年間、総じてゲーテはしおらしい。新しい場での新しい体験に裸の自分を晒し、外界の影響をできる限り自分のなかに受容しようとする素直さが目立つ。政治行政の実務においても宮廷の生活においても、また年長の女友達シュタイン夫人との関係においても、ゲーテはひたすら殊勝に学ぶひとである。そうやって自分の内奥に世界のすべてを蓄積して行くためにこそ、ゲーテは帝国都市フランクフルトを捨てて小領邦国家ヴァイマルにとどまったのだった。

26歳のゲーテ
（ゲオルク・メルキオール・クラウス画、1775年）

やがて十一年の年月の最後には、ほとんど唐突に、自分の深奥のエゴを守るためには周囲の何を犠牲にすることも躊躇わない、もうひとりのゲーテが姿を現すのだが、それはまだ先の話である。

ゲーテのヴァイマル行き前後の事情は、自伝『詩と真実』の第四部が語っている。『ゲッツ・フォン・ベルリヒンゲン』や『若きヴェルテルの悩み』の作者として人気の絶頂にあったゲーテのもとにはドイツ各地から多くの訪問客があったが、その一人に新婚の妃を伴った若きヴァイマル公カール・アウグストがいて、ヴァイマルに帰着後、八歳年上の作家を改めて自分の宮廷への客人として招いた。ゲーテはフランクフルトの銀行家の娘リリー・シェーネマンとの婚約を家風の違いから解消した直後であり、喜んでそれに応じる。

だが来るはずの迎えの馬車はいくら待っても現れない。王侯嫌いで、宮廷不信の父親は、そんなものは当てにするな、その代わりイタリア旅行の費用を出してやろうと言う。著作権が確立していない当時、いくら人気作家になっても相変わらず部屋住みの身分だったゲーテは、この提案に乗ってイタリアへ向けて出発する。だが最初の滞在地ハイデルベルクで騎馬の急使が彼に追いつき、行き先を運命のヴァイマルへと向けさせた。

こう語られる事情の細部のどこまでが〈真実〉であり、どこから先が〈詩〉であるのかは、よく判らない。だが、若いカール・アウグストに招かれてのヴァイマル行きが決して綿密に計画されたものではなく、人間には偶然としか見えないあれこれが重なっての、いわば〈星の巡り〉に導かれての結果であったこと――それが『詩と真実』の叙述が信じ込ませたがっていることである。人間の生涯は、いつもそういう風にして決まって行く。少なくとも自分の生きてきた世界ではそうだった――と、死を翌年に控えて久しく停滞していた若き日の自伝の最終部分の筆を進めつつ、ゲーテは言うのである。

そしてまた実際、七五年の十一月に着いたときは精々数ヵ月を宮廷の客として過ごすつもりだったゲーテは、翌七六年の六月にはその国の最高合議機関である枢密会議を構成する三人の大臣の一人となり、結局そのあと、一八三二年の死までの五十七年間をヴァイマルで暮らすことになる。

こうしてゲーテのヴァイマルでの生活が始まる。慎重な年長の大臣たちは経験のないゲーテを枢密会議メンバーにすることに、当然のことながら大いに抵抗したのだが、ゲーテに魅せられた若いヴァイマル公、カール・アウグストの断固たる意志、そして反対者たちも内心否定することのできなかった青年ゲーテの若々しい魅力がそれを押し切った。

それに加えてゲーテ自身もまた、ヴァイマル到着の直後から、ほとんど意識する間もなく、若い領主の親しい年長の友人兼相談相手としてこの国の政治と宮廷の出来事に進んで参加して行った。翌年の枢密会議メンバー入りはその事実の追認以上のものではなかった。

人口六千、その六割以上が農民というヴァイマルは、三万の住民を誇る帝国都市フランクフルトとは比べものにならない田舎町だった。しかしそれは小なりといえども一国の中心地、正確に言えばザクセン・ヴァイマル・アイゼナハ公国の宮廷都市であり、そこには領内十万人の人間生活のすべての問題が集中してくる。フランクフルトでのゲーテには生活がなかった。人気ばかり高いが、親の脛《すね》かじり。自分を訪ねてくる有名無名の人々とおしゃべりしたり、旅行をしたり。それは、本来の生活と言うべきものではない。だがこの地でなら枢密会議の大臣として宮廷に集まってくる問題のすべてに関わり、責任を持ち、決断し、活動し、それによって自分の自我を現実世界の動きにかかわらせることができる——。

ヴァイマルに辿り着いたのは偶然の連鎖だったが、そこに止まったのは明らかに彼の意志だった。フランクフルトでのいい加減な若手弁護士は、にわかに熱心な行政官、政治家になる。彼の政治行政実務の基本は、善意に充ちた啓蒙専制主義的改良主義である。

もっとも、ヴァイマルの大臣としての生活を現在の政治家のイメジで考えると、少しずれが出る。近世の領邦国家では君主の私的生活と公的生活との間に、まだ明確な区別がない。ゲーテは君主の政治的側近であると同時に親しい私的友人である。彼の生活の場は公的にも私的にも宮廷にある。政治、外交、行政実務、それに加えて宮廷人に立ち交じっての社交、狩猟、仮面舞踏会、素人芝居などなど。それらすべてが渾然《こんぜん》一体ないしはごちゃまぜになっているのが近世の宮廷生活というものである。そして詩や芝居を書くのも、その一環だった。

但し、だからといって詩作が単なる遊びだったという訳ではない。いや、遊びだったが、遊びのなかに真実があった。そこには宮廷だからこそ学べる森羅万象《しんらばんしょう》がある。その体験に素直に身をゆだねること。できる限りのことを自分のなかへ受容すること。その上でそれを詩であれ芝居であれ言葉にすること。それがヴァイマル初期のゲーテの関心である。

ゲーテはヴァイマルで暮らすようになってほどなく、十六世紀の詩人にして靴職人の親方ハンス・ザックスを讃える長詩を書いた。ザックス愛用の素朴なクニッテルフェルス（一行四強音）を男性韻二行一組に組合せ、それを繰り返して、自由におおらかに歌っていく様子は、あの「フリデリーケ・エーザーさま御許に」を思い出させる。ザックスの姿に託して描かれるのは、自分が自らに思い描くヴァイマルでのあるべき生活。全十一連百八十六行のうちの、ごくごくの抄訳。

ハンス・ザックスの詩的使命
――古き木版画に寄せて――

日曜の　朝まだ早い仕事場に
ゆっくりと立つわれらが親方。
よごれた革前掛けを脇に置き
身につけるのは休みの晴れ着。
靴縫い糸に金槌　小刀《こがたな》

ついでに錐も箱へと収め
みなと同じく　この七日目の安息日
縫う手　叩く手　止めて安らぐ。

春　陽光の恵みを受けて
こころ伸びやかに息づくなかで
新たな仕事がやってくる。
わが脳中に温めて　大事に育てた小さな世界が
ついに生まれて　動き出す。
それを解き放ってやりたいものだ。
親方の目は賢く見抜く目
愛に欠けることなきその心ゆえ
地上の事物もくっきり見えて
万物の曇りなき姿をば描けましょう。
思いを吐露するその舌の
流れは軽やか　言葉は優雅。
学芸の御《おん》女神らも　ひとしお　喜び

ヴァイマル風景。1778 年
Goethe-Museum Düsseldorf. Anton-und-Katharina-Kippenberg-Stiftung.

工匠詩人の名を贈るやも知れません。

週日は手仕事に励み、休日には晴れやかに詩を歌う。それが工匠詩人ザックス親方の使命であり、またゲーテ自身の目指す生活でもある。宮廷での政治・外交・行政の実務が、その本質において手仕事であることは、言うまでもない。

続く第三連第四連では「勤勉なる実直さ、寛容、公正」と呼ばれる、健康そうな女神が現れ、親方に呼び掛ける。

「敬虔さと徳を誠実に讃えよ／悪を指弾し／言葉で飾るな／デューラーも見たごとき／堅実なる人生の様を描き出せ／自然なる守護神に導かれ／人の世のすべてを／魔法の覗き箱のように描くがよい（大意抄訳）」

次の五連六連、女神が開いて見せた窓の外の人間生活の諸相を熱心に眺めている親方の傍らに、醜いが威厳のある老婆が現れる。「歴史、神話、寓話《ぐうわ》」の女神である。彼女の掲げる大きな木の板には、聖書の物語、血まみれの歴史の事件その他その他、あらゆる過去の美徳悪徳が描き出されている。ザックス親方はこれこそは詩作の助けと大いに喜び、よき実例と教えをわがものとして、まるでその場にいたかのように事件を物語るのだが、その彼の前にあらゆる種類の道化たちが飛び跳ね飛び跳ねやってきて、陽気な場面を演じて見せる。

第七連、道化たちが見せる世界のすべてを言葉にしようとして目が廻ってしまった親方のところに、「聖母マリアに似た」詩の女神が雲に乗って現れ、疲れた親方を真実の明晰《めいせき》さで包み込み、そして呼び掛ける。

「そなたのうちなる聖なる火を／高貴に明るい炎に鍛えなさい／だが　そなたの魂が露に潤う蕾のように／悦びに充ちてあるように／糧と香油を用意しました（大意抄訳）」

そう語りかける女神の言葉に従って、第八連、家の裏にまわった親方が見るのは、裏庭のにわとこの茂みの傍ら、林檎の木の下に坐る少女である。少女は花輪を編みながら大きな溜め息をつく。あれはいったい誰のための花輪、誰のための溜息なのだろうか？　そう問いかけるのは、親方なのか、それとも詩人自身なのか、既に定かではない。

連が変わると、今まで三人称を使って歌ってきた作者はもう我慢できなくなったように、自分がザックス親方になり代わって、溜息をつく少女に向かって直接に呼び掛ける。

「何ゆえに眉を曇らす　可愛い人よ／君を不安にするものは／君のうちに熟する悦びと至福／いまは相手を待つばかりのそれなのだ。／君が眼にわが過酷な運命を和らげたいと／望む男がそのしなやかな身体を抱き寄せれば／男には心の安らぎが／そして君には青春の仕合わせと／陽気な悪戯心が戻ってくる。／かくして恋の老いることなく／詩人の心の冷えることもなし（大意抄訳）」

そして詩は最後の第十連となる。

彼がこうして　ひっそり幸せに暮らしたので
空高き雲の間には緑の若葉の
朽《く》ちることなき柏《かしわ》の葉冠が漂い現れ
後世はそれで親方の頭《こうべ》を飾ります。
この巨匠の価値を判らぬ輩《やから》は
蛙になって沼へ沈め！

(„Hans Sachsens poetische Sendung“)

ここには、ヴァイマルで始まりつつある新しい生活を前にして素直に胸をふくらませている二十六歳のゲーテがいる。詩人がこの詩で、期待と不安を心に抱えて裏庭に坐る、素朴で肉感的な少女を描き出すとき、それはあたかも、やがて十二年ののちにイルム川沿いの庭園で請願書を持ってイタリア帰りの大臣ゲーテを待つだろうクリスティアーネ・ヴルピウスの姿を、夢想のうちに幻視しているかのようである。だがその前にはまだ、シュタイン夫人との苦渋に満ちた年月が待っている。また夢想から現実となったとき、少女がゲーテにとって何を意味したかも、自ずから別の主題となる。

注　文中、連の数え方は、ハンブルク版収録の初期の稿に拠る。

6　愛の乾溜――シュタイン夫人

――「何故そなたは　運命よ」――

先年亡くなった詩人の生野幸吉《しょうのこうきち》さんは、ドイツ文学研究の分野での私の先輩であり、かつ東大ドイツ文学研究室での年上の同僚でもあった。ドイツ文学研究者としての生野さんはリルケからツェランに至る二十世紀ドイツ詩を主な関心の対象としていて、そのゼミからは大勢の優れた後輩たちが育って行ったたし、またクロプシュトック、ヘルダリンから現代詩に至るまでのドイツ詩全般に渉る訳詩も多い。そしてそのなかにはゲーテの『西東詩集』の全訳もあった。

あれはしかし、確かまだ『西東詩集』の訳に取り掛かる前のことだったような気がする。生野さんがゲーテの詩について、ふと呟くのを耳にしたことがあった。

「ゲーテの詩は、ぼくが考える詩とは違います。あれは詩のなかに入りません」

そういう意味のことを生野さんはかなり断定的に呟いたのである。

生野さんは、ふと言った言葉を自分から改めて説明する人ではなかった。また研究室で何人かがお茶を飲みながらの、雑談のなかでの言葉だったので、私も取り立ててその意味を聞き返さないうちに、話は別のところへ流れて行った。だから、生野さんがそれを『西東詩集』に関わって言ったのか、それとも何か別の特定の詩を念頭に置いて言ったのか、あるいはゲーテの詩全般について断を下したのか、それは判らない。また生野さんの言った「ぼくが考える詩」とはそもそも何かも、聞きそびれた。だがゲーテの詩を読んでいると、ときおり生野さんのその言葉を思い出す。

それは生野さんがゲーテの詩をどう評価するかとは、まったく別の次元で言われた言葉だったと思う。それはおそらく、自分にとっての詩が持つ意味合い、そこを譲ったら自分が詩人でなくなるような最終的意味合いを踏まえての、詩人生野さんの呟きだったのだろう。

詩人生野幸吉にとっての詩の最終的意味合いが何であったかを勝手に忖度するのは、いまは止めよう。だが生野さんの言葉を離れて考えてみても、ゲーテの詩のなかには実際、私たちが普通に知っているドイツ近代の詩とはかなり異質だと思わせる種類の詩がある。例えばドイツの近代詩からその凡その主軸に位置すると思われるクロプシュトック、ヘルダリン、リルケの三人を挙げてみても、その彼らの詩と、今までここで読んできたゲーテの「フリデリーケ・エーザーさま御許に」とか前章の「ハンス・ザックスの詩的使命」などとを比べると、そこには何か、詩を書いている人の気持ちの向かう方向が、百八十度とは言わないにしても、百二十度くらいは違っていたのではないかと思わせるものがある。

クロプシュトックからリルケまで、ドイツ近代詩をひとまとめにして何かを言うのも無謀な話

シュタイン夫人

だが、それをあえて言ってしまえば、彼らに共通しているのは、自己が世界に対して懸ける想いを詩の言葉のうちに凝縮し、そしてその言葉を世界から無理にでも自立させようとする衝動だろう。ところが、いま挙げたようなゲーテの詩の場合、詩の空間と現実の空間、と言うより詩の空間と日々の日常空間とが、戸締りなしの空けっぱなしで出入り自由といった感じがある。自己はその内側へ向けて凝縮することをせずに、明けっぴろげに日常を闊歩《かっぽ》する。個人の好みを言えば私はそうしたあっけらかんな詩がたいへん好きなのだが、神なき近代に於ける詩人の使命等々の、ドイツ哲学好みの厳しい観点からすると、それはいささかノンシャランスに過ぎると言うべきものだろう。

だがゲーテという人のいい加減さというか、困ったところというか、あるいは凄さとでも言うべき点は、実は彼がそうしたノンシャランスな詩を書いた時期とまったく同時期に、それと平行して、自分の想いを言葉に深くゆだねた詩、比類ないほどの内面的力に張りつめている詩も、ちゃんと書いていることである。そのノンシャランスさと深い内面性への沈潜との間の振れ幅の大きさはほとんど読むものの眩暈《めまい》を呼ぶのだが、しかもそれがまったくの同時期に平行的に書かれているという点に、ほとんどわれら凡人の理解を越えるものがある。

例えば、前章で例に挙げた「ハンス・ザックスの詩的使命」は、あとでも説明するように一七七六年四月から五月にかけて書かれているが、それとまったくの同時期、一七七六年四月十四日付のシュタイン夫人宛の書簡詩には、不可能な恋に落ち込んでしまった人間の絶望と苦悩が深く刻み込まれている。

晴れやかな休日の上機嫌な気分をノンシャランスに歌う詩と苦しい恋の薄明をさまよう詩——。同じひとりの人間がまったく同じ時期に、どうしてこれほど違った詩を書けるものなのか。

二つの詩を読み比べると、その不可思議さに思わず考え込んでしまう。

あるいは、そう訝《いぶか》しむのは、単にこちらが、詩と詩人の人格とを一対一に対応させて怪しまないという、近代の迷妄に囚われているからに過ぎないのだろうか。

何はともあれ、まずその書簡詩を読むことにする。

この詩はシュタイン夫人の遺品中から発見された。ゲーテに発表の意志はなく、手元に写しを取ることさえしなかったようである。だがそれにもかかわらず、形式はほとんど完全に整っている。第二連以外、一連は八行。全六連五十二行。一行の構成はトロヘーウス（強弱格）が五つで五強音。強音と弱音はほとんど例外なく規則正しく交替する。韻は、弱音で終わる女性韻、強音で終わる男性韻が交互に、ａｂａｂという形で踏まれて行く交差韻。

　形式が生み出す詩の内的リズムを言えば、各行が五つのトロヘーウスとかなり長く、しかも韻が交差韻、つまり二行十強音でひとつのサイクルとなる形だから、息の深く長い、ゆるやかなうねりに運ばれるリズムなのだが、しかしそれでいながら、トロヘーウスが終始貫徹されて、各行の頭に必ずアクセントが置かれるので、ゆるやかな嘆きのリズムのなかにも先を急ぐ切迫した思いが滲み出てくる。

　少し長いが、省く勇気が出ないので、全訳。

シュタイン夫人へ　　一七七六年四月十四日

何故《なぜ》そなたは　運命よ　わたしたちに　これほど深い眼差しを与えたのか
予感に震えつつ　行く手に待つものを既に見て
恋と地上の幸せに酔い痴《し》れ　身を任せるあの至福を
決して許すことのない眼差しを？
何故そなたは　運命よ　わたしたちに　これほどの思いの力を与えたのか
互いの胸深く眼差しを届かせ
重なる喧騒　紛糾の世事を透して

わたしたちの真実の間柄を知る力を？
ああ　あれほどに多くの人々は自らの心も知らず
理非もなく先を急ぎ
左へ右へ当てなく彷徨《さまよ》い
時として思い掛けぬ苦しみのなかを希望もなく駆け回り
あるいはまた突然足早の喜びの朝焼けが
思いがけずも明け染めるのを眼にして　無邪気な歓喜の声を挙げる。
だが　ただ愛に満ちた哀れなわたしたちふたりにだけは
互いに交わす　幸せが拒まれている——
互いを理解することなく愛する幸せ
互いのなかに　居もしない相手を見出す幸せ
いつも新しい幻を夢見る幸せ
はたまた幻の危険のなかで心惑う幸せさえもが。

空しき夢にこころ忙《せわ》しきものは　幸いなるかな！
偽りの予感に裏切られしものは　幸いなるかな！

わたしたちの日々の出会い　わたしたちが日々に交わす眼差しは
わたしたちの夢と予感の正しさを　昨日《きのう》にもまして強く告げる。
運命はわたしたちに　何を用意しているのか？
運命はわたしたちを　何故こうも解きがたく結び付けたのか？
ああ　かつての世　あなたは
わが姉　わが妻であったのだ。

あなたはわたしのなかのすべてを見て取った。
あなたはわたしのこころの透明なふるえを感受し
およそ死すべきものの眼の届くことなきわが内面を
ただひとたびの眼差しで読み取ったのだった。
あなたはわたしの熱く揺れる血を静め
定めなき無謀のわが歩みを正し——
そしてわたしの砕けた胸は　あなたの
天使の腕に抱き取られて　ふたたび安らいだ。
あなたが魔法の技のように軽々とわたしを捕らえ

そして描き出した　美しい幻の日々
あの愉楽の刻々　あなたの足元に感謝とともに身を委ねた日々――
どんな至福の思いが　あの日々と比べられよう。
彼の胸が感じたのは　あなたの胸に寄り添うときの自らの息の深さ
あなたの眼のなかにある自らの安らぎ。
そして　すべての感覚が澄み渡り
泡立つ血に静かさを与えたこと。

そして　いまは　そうしたことのすべてから
ただ思い出だけが残って　覚束ない心のまわりに漂っている。
古い真実はいまもこころの奥に　変わることなく生きてあり
新たな今日の在り様《よう》は身を裂く苦しみとなる。
わたしたちふたりの心は　ただ半ば充たされ
わたしたちのまわりでは　明るい昼も暗く翳《かげ》る。
わたしたちを苦しめる運命――
だがその運命もわたしたちを変えることはできないという幸せ。
（„Warum gabst du uns die tiefen Blicke“）

第三連最後の二行、「ああ　かつての世　あなたは／わが姉　わが妻であったのだ」は、ゲーテ伝がシュタイン夫人に言及するとき必ず引用する有名な詩句である。それに続いて過去形で歌われる第四連第五連については、その「かつての世」、つまり前世の記憶を振り返っているのだという評釈もあるが、その当否を検討するには原詩を前に置いての煩瑣な議論が必要になるので、いまは立ち入らない。私は素直に、ふたりが出会った直後の仕合わせな日々を歌っていると読んで、そのつもりで訳している。

さてヴァイマル初期のゲーテについては、このシュタイン夫人との関係を除外して論ずる訳には行かないだろう。ヴァイマル到着直後からイタリアに旅立つまでの十一年間、ゲーテにとってもっとも重要な女性は、疑いなくこの七歳年上の人妻だった。その遺品からは千通に近いゲーテの手紙が発見されている。だがふたりの関係の実体と意味を明らかにしようとすると、すべては突然、霧の中に霞んでしまう。ふたりがいわゆる〈親密な関係〉であったのかどうかさえ、勤勉で実証的なゲーテ学者たちの間でも意見がまとまらない。十九世紀のゲーテ伝は〈高貴なる愛〉に多くのページを割いたが、最近のものはむしろ逃げ腰である。

簡単に事実を書けば、シャルロッテ・フォン・シュタインはヴァイマルの公太后の女官であり、また宮廷高位貴族の妻でもあって、当時四人の子どもの母であった。ゲーテがヴァイマルで暮らし始めて二ヵ月そこそこ、一七七六年一月の日付でシュタイン夫人宛の手紙が数通残っているが、そこには早くも既婚の女性に宛てるにはいささか物騒な文面が見える。

「愛する人よ、我慢して下さい、ぼくがあなた（親称の du）をこんなにも愛していることを。もっと好きな人ができたら、すぐに報告します。悩ませたくはないんですから。さよなら、黄金の人、ぼくがあなたをどんなに愛しているか、あなたに判りはしない」

厳格なカルヴァン派の家系に育ったシュタイン夫人は一方でこうした年下の青年の情熱に心揺れながらも、その無謀な求愛をくりかえし退け、無害な友情の枠のなかに留めようと努めていたらしい。それを無視してなお迫る相手に対しては、親称の du を使うのを禁止さえした。

「何故そなたは　運命よ」の書簡詩が悲痛に歎くのも、そうした状況である。

だが、ここでやはりなかなか不思議なことがある。先ほど既に、ひとりの詩人が同時期に「ハンス・ザックスの詩的使命」と「何故そなたは　運命よ」というまったく異質な方向性を持つ二つの詩を書き得た不可解さに触れたが、更にこの二つの詩の成立の過程にまで踏み込んでみるとそうした問題以前に日々の生活のなかでの事実、いわばそこでの生活感情の問題、その連続性の問題としても、何か私には腑に落ちないものが残るのである。

ゲーテが「ハンス・ザックスの詩的使命」に手を付けたのは一七七六年三月末のライプチヒへの公務小旅行の際なのだが、そのライプチヒからもゲーテはシュタイン夫人宛に熱烈な恋文を書き送っている。そしてシュタイン夫人から強くたしなめられ、そこでヴァイマル帰着後の四月十四日に書かれたのがこの「何故そなたは　運命よ」であり、主題はいま読んだ通り絶望的な苦悩である。ところが他方で「ハンス・ザックスの詩的使命」はその間もずっと書き続けられ、四月末に完成する。そして完成したのは、前章でも見た通り、靴匠ハンス・ザックスの休日の詩的営みと詩神から与えられる美しき報酬、裏庭の林檎の木の下に坐る可憐で肉感的な少女とを至極のどかに歌って、ヴァイマルでの政治家兼宮廷詩人としての自分の未来を自ら祝福する詩である。その平和な休日気分——それが絶望的な恋のさなかに書かれたものとは、私のような凡人には到底、信じられない。ゲーテの恋の絶望は、この明るくのびやかな詩を書き継いでいる際中、実人生の問題として、いったい何処へ棚上げされていたのか。ライプチヒへの小旅行の間、そしてヴァイマル帰着後、ゲーテの心にあったのはシュタイン夫人へのひたすらな恋だったのか、林檎の木の下に坐る少女への官能的な夢だったのか。

そうなると気になってくるのが、悲痛なる書簡詩「何故そなたは　運命よ」の形式的完全さである。恋に苦しむ二十六歳の青年が相手に向かって縋《すが》るように書いた手紙——状況としても内容としてもまさにそういうものだが、それにしては、あまりに整った形式ではあるまいか。

私は、シュタイン夫人へのゲーテの恋が菊池寛の「藤十郎の恋」のような偽りの恋、意識されつつ演じられた恋だったと言いたい訳ではない。ゲーテの恋は、その最中、その瞬間にあっては、いつもみな偽りなき本物の恋だった。

だが人生は雑多であり無秩序である。シュタイン夫人への青年らしい一途な恋の傍らには、これもいかにも二十六歳の青年らしい自分の前途への仕合わせな夢があり、そこには当然のことながら可憐で肉感的な少女の姿も現れる。ゲーテはそれらをあるがままに自分のなかに並存させる。そしてシュタイン夫人への恋は、厳格な詩形式のなかに凝縮されることによって純粋化され、雑多な人生から隔離されて、いわば乾溜された愛の本質として時代と国を異にする私たちの手にまで残されたのではないのだろうか。

つまりそれが、あの書簡詩の形式的完全さの意味なのではあるまいか。

現実のシュタイン夫人との間柄について言えば、「何故そなたは　運命よ」が書かれた最初の恋の高揚期のあと、熱っぽいがそれなり安定した時期が続き、一七八二年の春に第二の高揚期が来る。そのときふたりは〈親密な関係〉になったのだと主張する学者たちもいるが、その根拠として引用される手紙のなかでさえ、ゲーテは相変わらず親称の du と敬称の Sie との間で揺れている。やがて一七八六年ゲーテが無言のままイタリアに旅立つことでふたりの関係に事実上の終止符が打たれるのだが、シュタイン夫人がその苦い事実を深い憤りとともに漸く認識するのは、二年に近い旅から帰国したゲーテがイルム川沿いの庭園で、請願書を手に自分を待つ可憐で肉感的なクリスティアーネ・ヴルピウスを見出すときである。

7　自然存在の悦楽と悲しみ

――『ローマ悲歌』――

一七八六年の秋、三十七歳になっていたゲーテは、主君のヴァイマル公カール・アウグストにも、女友達シュタイン夫人にも、また親しい友人の誰彼にも、何ひとつ告げることなくイタリアへの旅行に出てしまう。カール・アウグストに招待され、領主の賓客としてヴァイマルを訪れ、そのまま枢密会議を構成する三人の大臣のひとりになってから約十一年の年月が経っていた。

九月始めに夏の保養地カールスバートから直接に旅立ったゲーテが、カール・アウグストとシュタイン夫人に自分の今後の居所を知らせたのは、十月末、イタリア滞在の中心地となるローマに着いてからである。知らせを受けた寛大なカール・アウグストはそれを了承して、引き続き大臣としての歳費を支払う。ゲーテはそれを感謝とともに受け取りながら、やがて年が明けての二月、更に南を目指してナポリ、シチリアまで足を延ばし、そのあと、六月にまたローマに戻ってゆっくりと腰を落ち着けた。漸くヴァイマルへ帰りついたのはほとんど二年後の一七八八年六月だった。

このいささか唐突で身勝手な旅立ちの原因については、いろいろな推察が可能である。努力の割りには成果の上がらない政務、行政への疲労感。なかんずく外交問題、軍事問題でのカール・アウグストとの齟齬。あるいは長年のシュタイン夫人とのはっきりしない関係に倦《う》んだため。また積極的理由としては、なおざりにしてきた詩作に専念したい気持ち。更に子どもの頃からのイタリアへの憧れ――。

また、そうやって出かけたイタリアでの収穫についても、様々な面から言うことができる。憧れの地ローマでのルネサンスあるいは古典古代の芸術作品との出会い、沈潜。南方への旅で出会った南国の民衆生活と猥雑《わいざつ》にまで多様な生命の繁茂。豊かな自然のなかでの〈原植物〉の幻視。あるいは再びローマに戻って居を定めてからの作品執筆の進展等々。

こうした理由、こうした収穫のそれぞれは、みなそれぞれに正しいのだろう。書簡集、日記、旅行記その他をめくってみれば、あれこれの傍証には事欠かない。だが今はこまかな伝記上の事実に深入りするのは止めて、『ローマ悲歌』と題されるゲーテの連作詩全二十歌のうちの、第七の歌の冒頭にまず耳を傾けてみよう。

『ローマ悲歌』のⅦ

おおこのローマでは　私の心の何と快活に弾むことか！

あの北方にいた日々　鈍い灰色に閉じ込められ
曇り空が重く頭を抑え
疲れた私のまわりで世界は色と形を失っていた。
そして私は不満な心の陰鬱《いんうつ》な行き先を探ろうと
ただ自己にかまけてひとり思いに耽っていたのだったが
いまや晴れやかな大気の輝きが私の額を照らし
太陽神フェーブスが万物の形と色を呼び起こす。
夜は澄んだ星々に輝いて優しい歌声が空に響き
月の光は北方の昼より明るい。
（以下、略）

（„Römische Elegien" VII）

ここで対比されているのが、単に北の小領邦国家ヴァイマルの暗い天候と南の世界都市ローマの澄み渡る大気の輝きだけでないことは言うまでもない。たとえ北方の風景のなかにあっても、見るものの眼が内側からの生命に燃え充たされるとき、形も色も自ずとそこに生じてくる。それは、例えばゲーテ自身のヴァイマル最初期の詩を読めば判る。

だがヴァイマルで十一年の年月が過ぎたあと、そこには外界や他者への興味を失い、いたずらに自己の心の底ばかりを覗き込む孤独な自分がいた——。

　この詩行の嘆くのは、仕事と責務に疲れ、自己の内心に意識を集中して形と色を自分のなかから生み出す力を失ってしまっていた、孤独な自分の自我の在りようであり、南の明るい自然のなかでの自我と世界の仕合わせな交感も、それとの対比のなかから立ち上ってくる。

　もっともその嘆きにしても、そのまま丸ごとの事実として受け取る必要はない。もちろん中小領邦の国家連合にドイツの未来への夢を懸けるゲーテとそれに反して新興の大国プロイセンに近づく領主カール・アウグストとの間の行き違い、年々気難しくなるシュタイン夫人、更にまた下らない宮廷生活の社交のあれこれと、ゲーテの心を孤独に追いやる事柄はいくらもあったが、しかしそれはシュタイン夫人との間柄も含めて、当時の近世領邦国家で宮廷人として暮らすとき当然随伴してくる日常的現象だったのであり、そのなかでゲーテは、時として憤懣を洩らしながらも、総じて充実した十一年間を過ごしてきたはずである。

　そう考えてみれば、『ローマ悲歌』は実はみな、帰国後のヴァイマルで書かれたということが改めて思い出される。それは決して単純に、ローマの地からヴァイマルを振り返って書かれたのではない。そこでは、ローマに暮らす詩人の現在は既にひとつの虚構であり、そこから振り返られる北方の空の陰鬱さは、更に二重の虚構だと言われねばならない。現実には身を再びヴァイマルに置き、そこの宮廷で暮らして行くほかないことを受入れながら、自分を南方の明るい空の下で解放された生を楽しむ詩人として描き出す——。ヴァイマルで書かれた引用の詩句、いま読んだ『ローマ悲歌』のⅦ、から浮かび上がってくるのも、現実の陰鬱な北の風土、そこでの自分の在りようを振り返っての単純な嘆きよりも、むしろ、二年前のイタリアへの出立に自分の人生を二つに分けるべき、はっきりとした分水嶺《ぶんすいれい》を見ようとする、帰国後のゲーテの明確な意志表明なのである。

実はこの第七の歌の初稿テキストは、いま引用したテキストとは違う。そこでは端的に、ローマ女の臥所《ふしど》に添い寝する幸せと北国での孤独な一人寝の悲哀とが比べられている。それをいま読んだ最終稿でローマの明るい空の下にある喜びと北の陰鬱な空との一般的比較に止めたのも、決して道徳心堅固なヴァイマルの読者に対する配慮などというレヴェルの事柄ではなく、何よりも連作二十歌のうちのこの第七の歌でいま一度、『ローマ悲歌』全体の主題をより鮮明に、そしてより普遍的に浮かび上がらせるためだった。

あの旅立ちは、ただ単にヴァイマルから憧れの南国への旅立ちであったのではない。それは、今までとは根本的に違う生の形への旅立ちだったたのだ——。

ヴァイマルに戻り、自分の離れてきたローマの晴れ渡る空を想い出し、讃美しながら、ゲーテはあのすべての顧慮を無視した倨傲《きょごう》とも言うべき、二年前の旅立ちの決断の日をそう振り返っているのだと、この第七の歌は私に見える。

この辺で、『ローマ悲歌』についての短い説明を差し挟もう。

『ローマ悲歌』は、イタリアから帰国した一七八八年の秋から一七九〇年の四月に掛けて書かれた二十の詩を集めた連作詩集である。〈悲歌〉とは〈エレギー〉の訳だが、〈エレギー〉は本来、古典古代以来の伝統的詩形の一種を指していて、必ずしも悲しみを主題とする詩であるわけではない。古代ローマではエロスを主題とするエレギーも多くあり、ゲーテもその伝統のなかで、この『ローマ悲歌』を書いている。中心は、ローマで現実に通わせていた愛人ファウスティーナとの官能的な情事であり、はじめに予定された題名は『エロティカ・ロマーナ』だった。

ということで話をもとへ戻せば、ゲーテがイタリアへ旅立ったとき目指した新しい生の形式とは、いったいどんなものだったのか。その問いに答えるのは『ローマ悲歌』のなかに提示されたファウスティーナとの関係、つまり非定住者の責任なき愛と官能の享受である。

それをいま一言で言えば、ゲーテはヴァイマルを離れることで社会的存在としての生から離脱し、自然存在としての生へ回帰したのである。より正確に言えば、回帰したと幻想したのである。大臣としての、宮廷人としての生から、社会から離脱した非定住者の生へ。そのとき南の国の太陽は非定住者の責任なき生の輝かしさを、なお一層明るく照らし出したに違いない。『ローマ悲歌』の中心はファウスティーナとの官能的な情事だが、その背後に隠されたまことの主題は、社会から自然への回帰の道筋を恋の道行を借りて辿り、〈エレギー〉のやや荘重に傾く古典的形式のなかに自然的生の輝きを揺るぎないものとして定着することだった。

『ローマ悲歌』の第一の歌は、憧れの地を踏みながら〈教養旅行〉という当時の社会の見えざる制度に妨げられて、その地に息づく日々の魅惑にまだ出会うことのできない旅行者の、嘆きと期待を歌う。永遠の都ローマの美と生命も、官能の喜びあって初めて生きいきと顕現する。それは土地を越え、時代を越えての真実である。

『ローマ悲歌』のⅠ

語りいでよ　高き宮殿　声を挙げよ石積みし壁！
わが行く道よ　せめて言葉ひとつを！　土地の霊よ　何処にそなたは身を隠すのか？
ああ　永遠のローマよ　そなたの聖なる壁の中ではすべてが生命《いのち》に息づいているのに
ただ私にだけはまだみな　よそよそしく口を噤《つぐ》む。
おお　やがての日　誰が私に囁きかけるのか　どの窓に私はやがて
優しい顔を見いだすのか　わが心を焦がし蘇《よみがえ》らせる愛らしき顔を？
くりかえしくりかえし　その人を訪ねて通う道——
数ある道のどれが　貴重なる時間を費やし日々行き戻るその道となるのだろうか？
今はまだ私も思慮深き人に似て　旅の時間の無駄もなく
教会　宮殿　廃墟　列柱の姿を学んで道を辿る。

だが　それも間もなく過ぎたこととなり　その時こそは
秘事《ひめごと》に献げられた私は　ただ恋の神アモルの神殿だけを訪ねよう。
おおローマよ　そなたは既にしてひとつの世界。とは言え恋なくしては
世界は世界にあらず　ローマもまたローマにあらず。

(„Römische Elegien" I)

ローマに立った詩人は、なお〈教養旅行〉という時代の制度に縛られつつも、そこから官能への全的解放を夢みている。

人間とはそもそも、自然存在なのか、社会的存在なのか。『ローマ悲歌』を読んでいると、自ずとそういう問題に出会うのだが、それはまた、人類史の続く限り永遠に存在し続ける難問のひとつでもあるのだろう。それは、どちらとも答えられるし、またどちらと答えてもたちまち鋭い反論を呼び起こさずにはいない種類の問いである。

人類が発生する前に既に自然が存在したことは確実である。とすれば、人類の歴史も自然史の一環であり、人間社会も自然の所産であって、人間は何よりもまず自然存在に他ならない。

だが、ほんとうにそうなのだろうか。人間の個体が社会のなかに生まれ、その意識も社会のなかで形成されるものである以上、彼の自然についての観念も、彼の育った社会の共同的幻想を深

く刻印されているのであり、その意味で〈自然〉さえも実は社会的に規定された概念である――。だがまた、ほんとうにそうだろうか。それを規定する〈社会〉が、いつ、どこに、何故発生したかを問えば、それは人間と環境の自然的在りように根ざし……と答えと問いは無限に循環する。

この二つの論のいずれを正しいとするかは、おそらく論理の問題ではなく、人それぞれの生得のもの、あるいはそれと見極めがつかない原体験によって決まってくる事柄なのだ。そしてゲーテは、やがて晩年に至って、社会的存在としての人間の最終的な在り方を『ヴィルヘルム・マイスターの遍歴時代』で探究し、自然存在としての人間の切り捨てることのできない願望の究極を『ファウスト第Ⅱ部』で描き出して見せることになるのだが、しかし彼の内心の声はと言えば、それは常に自分を最終的には自然存在だと見なしていた。

だが政治も行政も、本質的に社会に関わる行為である。また宮廷での生活以上に、社会的存在としての自己を自覚することを要求する生活はないだろう。自分を自然存在だと感じる人間が宮廷人として政治行政に携わることは、解きがたい矛盾である。

ヴァイマル初期十一年間のゲーテは、時折の揉め事や、また小さな逸脱的楽しみ事はあったにせよ、総じて素直に周囲に学ぶ人であった。だが、そうであればこそ、その解きがたい矛盾は更に耐えがたいものになって行く他はなかったはずである。

個々の仕事の成否、気持ちの縺《もつ》れのひとつひとつが問題であったのなら、解決の方法を探ることもあったただろう。だが、事柄はもっと本質的だった。社会的存在として宮廷にあること自体が、シュタイン夫人との愛も含めて、ゲーテの生命を抑圧していたのである。

自分本来の生命の力と生の形式を回復するため、ゲーテは突然エゴイスティックになる。自分を重用してきたカール・アウグストの気持ちを無視することになろうとも、また、あれだけ愛を誓ってきたシュタイン夫人にどれだけの打撃を与えることになろうとも、旅立ちの邪魔は一切排除して置かなければならない。彼は行き先を告げることなく、曖昧な言葉を残したまま出発する。旅の先には明るい自然的生の輝きが待っている。それを享受することを、誰にも邪魔させてはならない。

第五の歌は、この連作詩集のひとつの頂点を形作る。自然存在たる人間にとって人倫の束縛は存在しない。知的営為である詩作と官能の享受は本来矛盾するのだが、ここではその両者さえもが何の矛盾もなく溶け合い、ひとつになる。自然的生が詩作という生についての高度に省察的な営みをも吸収する。それは幻想のなかの詩人のユートピアである。

『ローマ悲歌』のV

嬉しいことだ　いま古き歴史の土地にあって　躍り昂《たかぶ》るわが心を感じることは。

古き時代の声　今の時代の声が　日々純粋さと魅惑をまして耳に響いてくる。
私は人々の勧めに従い　今に伝わる古《いにしえ》の書を
今日も怠らず読み進み　新しい喜びを心に享ける――。
だがしかしアモルの神は　夜々私を別の世界に引き止める。
学ぶものは半分になり　しかし私の幸せは倍になる。
いや　私の眼が愛らしい胸の形を探究し　わが手がその腰を探って下へと辿るとき
学ぶこと多き私ではないか？
と言うのもそれで初めて　眼で触り　手で見るすべが　わがものとなり
比べつ考え　考えつ比べ　大理石の彫像のまことの理解に届くのだ。
恋人は日中の二時間　三時間を私から奪うけれども
夜の時間をゆたかに贈ってくれて　それを償う。
それと言うのも接吻ばかりが続くのではなく　真面目な話もするのだから。
そして恋人が眠りに落ちたあと私は身を横たえて　沢山のことを考える。
時として眠る女の腕のなかで詩を作ることも多かった。
恋人の背中に指先を触れ　その背骨の凹凸で
そっと韻律の強弱を数えると　彼女は可愛い眠りのなかで深く息づく。
そしてその息は炎と燃え立って　私の胸の奥底までを焦がすのだ。

そうするうちにもアモルの神はランプの灯を明るくかきたて
同じ勤めをかの詩人たちのために果たした　古き時代を思い出している。

〈悲歌〉とは、必ずしも悲しみを主題にするものではないと書いたが、ことによると『ローマ悲歌』の本当の主題、詩人本人もほとんど気がつかなかった主題は、やはり悲しみなのかも知れない。それと言うのも、これほどに完全な喜びは、一瞬ののちには失われる他ないのだから。

四十年の後に書かれた旅行記『イタリア紀行』の最後で、ローマを去る直前、月の光の下で町を彷徨う若い自分の姿を思い出し、それを書きとめる老ゲーテの叙述には透明な悲しみが拡がる。ローマを追放されて黒海のほとりを彷徨う古代の詩人オヴィディウスの運命が北方のヴァイマルで暮らさなければならなかった自分の運命に重ねられる。そして、悲しみと美しさに満ちた古代詩人のエレギーの引用が、至福の年月の回想を閉じる。

そのとき老ゲーテが回想のなかで今一度別れたのは、『ローマ悲歌』で歌われた、人間の自然性を何の留保もなく容認する幻影の都市ローマだった。それを一度夢みた以上、ヴァイマルの現実、つまりは〈社会〉のなかへ戻ったゲーテに、終生、十全な幸福が拒まれてあったのは必然だった。

もっともゲーテは『ローマ悲歌』の隠された主題が悲しみであることを充分に承知していたとも言える。何故なら明晰な古典的詩形を守り、ローマ娘との恋の営みを古代の神々の視線のなかで歌う『ローマ悲歌』は、一瞬のうちに失われる他ない官能の喜び、つまり人間の純粋な自然性の喜びを、せめて古典的形式と古い神話と世界都市ローマの風景のなかに保存しようとする、今は既に再びヴァイマルに暮らすゲーテの、きわめて人工的かつ意識的な試みだったのだから。

「かつて私たちがどんなに幸せであったか／いまそれを知るよすがは　ただこの詩に残るのみ」

　一八一四年末、新しい全集のために作品の整理をしたとき、六十五歳の詩人は『ローマ悲歌』の冒頭にそう書き加えた。

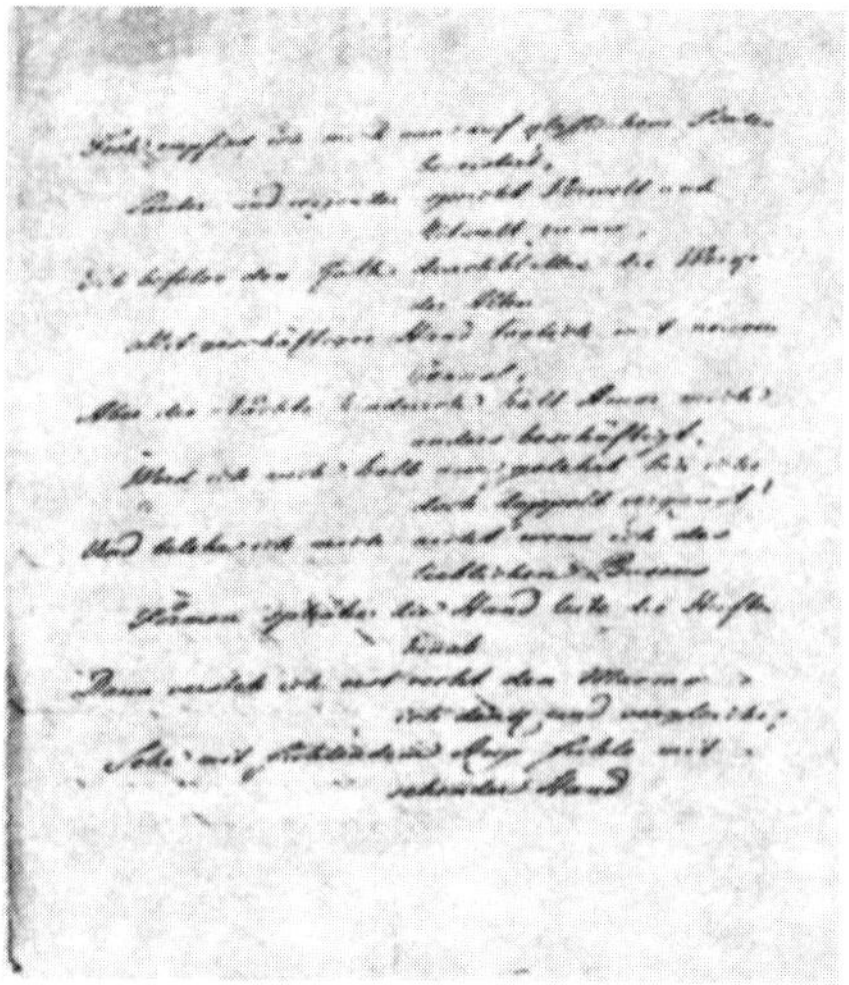

「ローマ悲歌」Ｖのゲーテ自筆草稿。
Goethe-Museum Düsseldorf.
Anton-und-Katharina-Kippenberg-Stiftung.

8　盗み取られた生の安逸

――『ヴェネチア短唱』――

R・ムージルの短編連作『三人の女』のなかの一篇「グリージャ」は、次のような一文で始まる。

「人生には時として、目立って時間の進み方が遅くなる時期がある。まるで人生が先へ進むのをためらっているかのような、あるいは進む方向を変えようとしているかのような様子なのである」

ゲーテは本来、その生涯にほとんど停滞を知らなかった人である。過去のしがらみはさっさと切捨てて、生の新しい段階へ遠慮なく踏み込んで行く。そのためらいのなさは、例えばシュタイン夫人のような生真面目な人々の眼には無節操としか見えないものだったのだが、しかし、そうした無遠慮なゲーテの生涯にも、暫し心が低徊《ていかい》する時期、ムージルの言うところの「目立って時間の進み方が遅くなる時期」は、確かに何回かあったようである。

そう考えてまず思い出されるのは、「優しく脆い　若い心の悲しみが／荒れた野へと　わたしを連れ出す」との二行で始まる無題の詩である（„Ein zärtlich-jugendlicher Kummer"）。時期は確定できないが、おそらくシュトラースブルクからフランクフルトに戻って間もない頃に書かれたと推定されるこの詩には、道を見失った青年の憂愁が拡がっている。

ゼーゼンハイムで経験した、あの無垢の喜びはもう戻ってこないが、社会のなかでの自分の場所もまだ見えてこない。野を歩む青年のなかで人生は暫し宙釣りになっているのである。

ゲーテの死後になってシュタイン夫人の遺品のなかから発見されたこの詩は、おそらくまだ未完成の草稿なのだろう。野に出て視線を遠く彷徨わせる青年の眼には、詩の進行に連れ、早春の畑で早くも収穫を夢見つつ勤勉に働く農夫の姿が見えてくるのだが、その姿が青年の憂愁を抱いた心へといま一度反射されることなく、突然に詩行は切れて終わる。それは今まで聞こえていた音楽が不意に途切れたような終わり方である。しかしそういう終わり方だからこそ、これから始まるはずの人生を前にして暫し途方に暮れている、青年らしい感覚が直截《ちょくせつ》に伝わってもくる。

それは二十歳前後のある時期、青年たちが多かれ少なかれ経験する普遍的な感情だとも言えよう。

だが人生で、ひとがひととき途方に暮れて立ち止まってしまうのは、何も青春の一時期だけには限らない。むしろ中年になり、それなり社会とか世間とかいうものが判ったつもりになりながら、ふと迷路に迷い込んでしまったときのほうが、困惑の度は更に深い。

いいや、そういう迷いのなかに落ちたとき、ひとははじめてほんとうに中年を迎えたと言えるのだろう。

「われ生の半ばにありて道を失い、小暗き森に迷い入りたり」

もとよりダンテ『神曲』冒頭の一句だが、さきほど引用したムージルの「グリージャ」の冒頭にも、どこかこの言葉の残響が聞こえるような気がする。

さて、話をゲーテに戻せば、ゲーテもまたイタリアからヴァイマルに戻ってきたあと、こういう中年の「小暗き森」、「目立って時間の進み方が遅くなる時期」のなかへ迷い込んだのだった。ヴァイマル初期の十年余りは、青年の憂愁から抜け出したゲーテが政治行政の実務をしっかりと見据えて、それを自分の生存の核心に置いた有為の年月だった。そのときゲーテの時間は、遅れもなく進みもなく、いわば社会的時間と着実に同調していたと言えるだろう。

だがやがて、彼の内なる自然がそれに反逆し、ゲーテはヴァイマルからイタリアへと脱出する。そして南の明るい空の下で内部の自然である官能に身を委ねたとき、のびやかな自然の時間もまた彼の下に戻ってきた。それは自分の生命のリズムに合わせて脈動する、決して滞ることもなく、こわばることもない時間である。その時間のなかに生きて、ゲーテは至福の時を過ごす。が、幸せな一年十ヵ月が過ぎて、ゲーテは再びヴァイマルに戻ってくる。そのあと彼は生の根拠を見失い、暫時、停滞する時間のなかを漂流することになるのである。

「彼は今や心に養分を与えることなく暮らしています。シュタイン夫人は、ゲーテは官能的になったと言っていますが、それもまったくの間違いというわけではありません」

イタリアから帰ってきたゲーテについて、ヘルダー夫人カロリーネはそう報告する（一七八八年八月十五日、夫ヘルダー宛書簡）。シュタイン夫人の言う〈官能的〉とは、精神の高貴さを失ったという意味であり、そこに籠められているのは、高き目標を見失ったゲーテは官能性のなかを無理想に漂流しているという非難である。

もちろんシュタイン夫人には、ゲーテを非難するに充分な理由があった。シュタイン夫人はゲーテが戻りさえすればまた昔通りの高貴な友情が復活することを信じて、二年に近い間待ち続けていたのだが、肝心のゲーテは帰国直後、ヴァイマルの数少ない産業であった造花工場で働く二十三歳の若い娘、クリスティアーネ・ヴルピウスを情人にしてしまったのである。

それは、イタリアからくる手紙ごとに繰り返される変わらぬ愛の誓いを信じ続けていたシュタイン夫人にとって、完全な誤算であった。

だがクリスティアーネを情人にしたとき、ゲーテもまた大きな誤算をしていたのではないだろうか。と言うのも、クリスティアーネの出現とともにゲーテは思いがけずも「小暗き森」に迷い込む。彼の生は「目立って時間の進み方が遅く」なり始めたのである。

イタリアから帰った直後のゲーテがクリスティアーネに初めて会ったのは、イルム川沿いの公園だった。クリスティアーネはそこで、職を失った兄のための請願書を手にゲーテ大臣閣下が通り掛かるのを待っていた。

しおらしく請願書を差し出す二十三歳のふっくらと肉感的な若い女を見たとき、ゲーテは果して、何年か前「ハンス・ザックスの詩的使命」で自分が描きだした、日曜日の工匠詩人を裏庭で待ちうける少女、あの詩の女神の詩人への贈り物のことを思い出したのだろうか、どうだろうか。が、いずれにせよ、現実のクリスティアーネが彼に対して持った意味は、詩のなかで彼が見たものとは、二重に異なっていた。

まず第一に、イタリアから帰ったゲーテは、もはやヴァイマルでの新しい生活に胸を躍らせるナイーブな青年ではなかった。ヴァイマルでの十一年間のあと、イタリアで自己の自然に復帰したゲーテが請願書を持って現れた若い女に求めたのは、詩神が贈る無垢な少女ではなく、自己の官能性を充たすための相手、ローマのファウスティーナの代替物だった。

一家の生活の成否に関わる請願書を差し出す貧しい小市民の若い女と、領主の親友である大臣。その状況にあって女の側に大臣閣下の誘いを断る自由はなかったし、ゲーテもそれをよく心得ていた。近世の宮廷社会に暮らすゲーテにとって、それは自明のことだった。

そもそもが、クリスティアーネの兄はなぜ請願書を妹に持たせたのか。そして妹もそれをどう考えて引き受けたのか。そこには近世小領邦国家のゲームのルールがあり、そしてゲーテも含めみながそのルールを熟知しつつ、自分の役割を演じていたのだろう。そこには何も特別のことはなかった。もし特別のことがあったとすれば、その束の間の間柄が間もなく公然たる同棲生活となり、やがては正式の結婚生活となったことにある。

そしてそれが、あえて言えば、ゲーテにとっての誤算だった。まだ長い年月の先にある結婚のことは、今は置こう。公然たる同棲生活、そしてそれが一種の偽造された家庭生活になって行ったこと——それがゲーテにとっての誤算だったのである。

クリスティアーネがローマでの情人ファウスティーナの代替物である限りは、シュタイン夫人がどう非難しようとも、それはゲーテの初めから意図したことだった。だがクリスティアーネを自宅の裏二階に住まわせ、更に子どもが生まれ、ふたりの日常生活が限りなく家庭生活に近づいて行ったとき、そして自分自身が思いがけずも、そこに執着し始めたとき、ゲーテは自分自身を裏切ることになった。と言うのも彼は、自己内外の自然だけを行為の根拠として生きるつもりでイタリアから戻ってきたはずなのだから。

しかもそのとき決定的だったのは、その擬似的家庭生活の心地よさが、本来の結婚に伴う原理的責任を免除されているところに生じているということだった。なるほどゲーテはクリスティアーネや生まれた愛児アウグストの生活の安定のために心を砕き、更には十数歳年下のクリスティアーネを相手にしてその機嫌を取るための労も惜しまない。だが、それは結局、居心地のいい自分の巣を維持するための努力であって、例えば同時代のカントが結婚について言うような、性にかかわる排他的占有権を相互的に認め合うものでは決してなかった。

つまりゲーテは自己の内なる自然、即ち官能性の優越権を自分のために特権的に留保しながら、家庭生活の居心地よさだけを狡猾に手にしたのである。

それはヴァイマル初期、自らが思い描いたあの詩神の贈物、無垢な少女との無垢な関係からの、二重の疎隔だったと言うべきだろう。シュタイン夫人がゲーテは官能的になったと非難したのは正しかった。精神の高貴さの基底は、普遍性への指向である。ゲーテがイタリアで夢見たのも、存在の基本原理としての自然性＝官能性だった。だが彼がいま愛着しているのは、擬似的家庭生活の心地よさのなかで無原則、無原理に盗み取られた官能性、つまり生の安逸に他ならない。

ひとは生の原理、原則を見失ったとき、時間のなかを浮遊し始める。ゲーテがクリスティアーネとの擬似的便宜的家庭生活の安逸を愛し始めたとき、「目立って時間の進み方が遅く」なり始めた。

このゴンドラを優しく揺れるゆりかごに譬《たと》えよう。
となれば　船室は広々とした柩《ひつぎ》なのだ。
思えばわれらは　ゆりかごと柩の間　大運河《カナル・グランデ》を揺れ　漂い
憂いもなく人生を滑り行く。

（『ヴェネチア短唱』„Venetianische Epigramme“ の8）

運河の波の揺らぎが、ゲーテの詩には珍しく、甘くけだるい死の陶酔を運んでくる。「憂いもなく」という言葉には、生の原理を見失って生と死の間が融解し始めた人間の憂愁がうっすらと漂っている。

『ヴェネチア短唱』は、イタリアからの帰国後二年、一七九〇年のヴェネチア再訪の前後にできた百余りのエピグラム詩を収録した詩集である。他に数十の同種同形の詩があるが、宗教上その他のおもんぱかりから未発表のままになった。

既に前年の一七八九年に隣のフランスで革命が始まっていたが、直接的影響はまだドイツにまでは及んでいない。ゲーテのお土産話に刺激された公太后（カール・アウグスト公の母）がイタリアに出掛けたので、本当は擬似家庭の水入らずを楽しみたいゲーテも、いわば宮廷の公務として、その帰国を迎えるためにヴェネチアまで出掛け、その地で無為の二ヵ月近くを過ごすことになる。そして『ヴェネチア短唱』の詩が生まれた。

生の目標の喪失。安逸な生への執心。そして強いられた不本意な休暇。そこから生まれた多くの詩。生と死の間に浮遊する憂愁は引用の第八歌だけではなく、すでに第一歌で全体の基調として予告される。

柩と骨壺を異教徒たちは　生命で飾る。
好色で羊脚の森の神らが　バッカスの侍女たちの歌に合わせ
頬を膨らませ　けたたましく　嗄《しゃが》れた角笛の音を荒々しく響かせながら

目まぐるしい輪舞を踊り　シンバルが鳴り太鼓が響き
そしてわれらは大理石を眺め　その音に耳を傾ける。
羽ばたく鳥たちよ　そのくちばしに果実の味の何と甘いことか……
（中略）
そしていつかの日　詩人の柩をもこれと同じように
この一巻の詩集が飾らんことを——生命のはなやぎに飾られたこの詩集が。
（『ヴェネチア短唱』の1）

憂愁の町、ヴェネチア。この町で出会い書きとめられる生命のはなやぎは、やがて訪れる死の飾り、死の予告なのだと、詩集冒頭の詩が既に語る。四年前、イタリア旅行の途上でこの町を訪れたときは、解放感と新しい生活の夢で心がいっぱいだったゲーテは、特異な風土と芸術の観察に勤勉この上ない二週間余りを過ごした。だが同じ町がいまや死の想念に充たされている。

巡礼を眼にするたびに　涙がこみあげる。
おお　誤てる観念はわれら人間を　何と幸せにすることか。
（『ヴェネチア短唱』の6）

巡礼というカトリックの迷妄。だがそれは人を幸せにする。何故なら、死と生の間に漂う人間にもともと〈正しい観念〉など存在しないのだから、せめて迷妄に身を委ねうるものは幸せなのだ。

もちろん時として人間は〈正しい観念〉を妄想する。例えば隣国フランスでいま進行中の革命に熱狂する正義の人士たちのように。だがその妄想は〈誤てる観念〉にもまして危険なものだ。

狂信者は三十歳で十字架に掛けよ。
もし世間を知れば欺かれたものは卑劣漢に変ずる。

（『ヴェネチア短唱』の52）

日本の戦後が弛緩《しかん》するまでの何十年かの間、私たちもよく眼にした風景である。とは言え、世界に絶対的正義は存在しないとすれば、人はそもそもどう生きればいいというのか。

この地のひとびとは　何故こうも走り　叫びまわるのだろう？
それもみなわが身を養い　子どもを生み育てるためだ。
心に留めよ　旅するものよ　わが家に戻ったときはそれに倣うのだ。

どんなにもがこうとも人間には　それを超えることはできない。

（『ヴェネチア短唱』の10）

生の迷路のなかで正義が不在である以上、そこに残るのは生活だけである。だから詩人は、擬似的家庭に戻れば優しい夫にも父にもなろう。だが原理を持っての家庭ではない以上、この爛熟の町にあって、その提供する快楽を気儘に享受することを妨げるものもない。ゲーテは旅曲芸師の小娘のしなやかな四肢に心を奪われて、数篇の詩を捧げる。

技巧の限りを尽くして彫り上げられたかのような　いとしい姿よ。
しなやかに　骨すらなく　それはまるで軟体動物が泳いでいるようだ。
すべてが四肢　すべてが関節　すべてが心地よく
すべては調和し　すべてが気儘に動く。

（中略）

可愛らしい奇跡のベッティーナよ　私はお前に心奪われ
ただ驚嘆するのだ　自然のすべてであって　その上　天使でもあるお前を。

（『ヴェネチア短唱』の37）

発表を差し控えた草稿のなかにも、同じベッティーナのための数篇が残る。伏せ字のFが何を正確に意味するのかは、調べがつかなかったが。

いちばん気掛かりなのはベッティーナの上達ぶりだ。
どこもかしこも日々しなやかになるばかり。
ついには舌が可愛いF……のなかへと届き
お行儀よしの自分が相手となれば　男なんぞはどうでもいい　とはなるまいか。
（『ヴェネチア短唱』補遺の３４）

曲芸の少女ばかりではない。ヴェネチアの町にトカゲのように出没する娼婦たちも、さまざまな姿を詩に留める。

洗練されたトカゲが二匹　いつも一緒に立っていた。
片方は大きすぎ　もう一方は小さすぎる　とも思えたが
二匹一緒に出くわすと　選ぶのはほんとに難しい。
どちらもそれぞれに特別で　それぞれ一番の美しさと見えたのだから。
（『ヴェネチア短唱』の７０）

ゲーテは自分がこの町での時間をどう過ごしたのか、知らないでいた訳ではない。やがてほぼ四半世紀が経ち、六十五歳になったゲーテは、コッタ版全集の『ヴェネチア短唱』のための題辞として、二十五年前の二ヵ月を総括して書きつけた。

金と時間をどう空費してしまったか
この小さな書物が面白可笑しく教えてくれる。

注　『ヴェネチア短唱』からの引用詩に付した番号は、左記の版に拠る。
Goethe: Gedichte 1756-1799.
Bibliothek Deutscher Klassiker.
Deutscher Klassiker Verlag.
なお、本文中で意味不明とした伏せ字〈F……〉について同書にも注があるが、訳詩から推察される範囲なので、特に記さない。

9　フランス革命と内的危機
――「コフタの歌」「芸術家の権能」――

時折、ゲーテはアマチュア作家だなあという気がすることがある。勿論そこに慌てて形容詞を追加して、〈偉大なるアマチュア〉と言い直してもいいのだが、いや、もちろん言い直すべきなのだが、しかしそれでも生涯アマチュアっぽいところが残っていたことは否定できない。

だが、それも考えて見れば当然のことである。ゲーテの時代のドイツには、まだ作家活動が職業として成り立つだけの文学市場は形成されていなかった。ゲーテも若い頃は親の金で生活していたし、ヴァイマルへ行ってからは宮廷の大臣兼領主側近としての年俸で暮らし、各地名産の葡《ぶ》萄酒《どうしゅ》など贅沢な生活のつけで足りなくなった部分は親の遺産で補ったりもしていた。ゲーテは事実としてアマチュア作家だったのである。

もちろん原稿を売っての収入もなかった訳ではない。だが、もともと当時のドイツ語圏の読書階層の人数自体が高が知れたものであったことは、空前の超ベストセラーだった『若きヴェルテルの悩み』の総部数が三千だったと言われているところからも推察できるし、その上、神聖ローマ帝国なる枠組のなかに三百を越す領邦小国家群が分立していた十八世紀ドイツの政治状況のなかでは、領邦国家の国境を越しての著作権など、その観念さえなかった。『若きヴェルテルの悩み』の三千部も大半は無断複製出版で、作者の懐とは何の関係もなかった。

後年、ゲーテ自身、著作権確立のために大いに奮闘し、その努力の甲斐あって次第に事態は改善され、一八二八年ゲーテ七十九歳の年に刊行が開始された『決定版ゲーテ全集』は、めでたくドイツ語圏のほぼ全域に通用する著作権が公的に認められた最初の書物となった。またそれ以前でも、中年期以降のゲーテは出版社との個別的交渉でもなかなかのタフ・ネゴシエーターで、あれこれ個々の著作や著作集の出版権を売って、その収入で美術品を買い込んだり、各地名産品で食卓を賑わしたり、またドイツ内外との数多い、半公的半私的な文通の費用に当てたりすることもできるようになったが、しかしそれとて先進国イギリスの状況に比べればささやかなものだったようだ。一九三五年に初版が出たイギリスの文学史家W・H・ブリュフォードの『十八世紀のドイツ――ゲーテ時代の社会的背景』（上西川原章訳・三修社刊）はその分野に於ける不朽の名著だが、その計算によると、ゲーテの生涯の文筆活動全収入は同時代イギリスの詩人兼小説家W・スコットの収入の三年分に及ばないのだそうである。（W. H. Bruford: Germany in the Eighteenth Century.）

こうした事情は、とうぜん作家の経済生活だけではなく、その気持ちの有り様《よう》にも影響を及ぼす。ゲーテとスコットの収入の違いは、基本的には当時のドイツとイギリスにおける本を読む市民層の厚さの違いだから、まず何よりも作家に見える読者の姿が違ってくる。簡単に言ってしまえば、スコットは現代の作家たちと同じく出版社を通して、その向こうに拡がる大衆の海へ向かって、つまり文学市場へ向かって書き始めていたのだろうが、ゲーテはまだ自分の目に見える友人たちへ向かって書いていた。

現代の作家の大半は、作品を初めから商品（正確には商品の原料）として文学市場へ向けて生産する。作家の原稿は加工業者である出版社、卸売業である取次、小売業である書店の手を経て初めて、本ないしは雑誌という形態になって最終消費者である読者の手元に届く。作品は商品とならなければ、読者に渡る可能性を持たない。だがゲーテは、作品を商品としては書かなかった。書く必要もなかったし、書く可能性もなかった。では何として書いたのかと言えば、友人たちへの私信としてではなかっただろうか。

ゲーテがドイツ語圏の読書人に知られるようになったのは、もちろん『ゲッツ・フォン・ベルリヒンゲン』と『若きヴェルテルの悩み』によってだったが、しかし当時の人々の手紙を拾い読みしていると、既にそれ以前に、フランクフルトにいるらしい才気煥発のゴーテとかグーデとかいう若い男のことが話題になっている。つまり当時のドイツ・インテリ層は、新しい才能の出現が人々の間に噂話として伝わる程度の大きさの世界であった。人々はそのなかで、たとえ面識がなくとも活発に手紙を遣り取りし、次には面識を得るために徒歩や馬車での旅に出て、各地で感激の対面を果たし、熱っぽい友情を結んだ。

その手紙と友情で編み上げられた世界では、みなが読む人であると同時に書く人でもあった。そもそも手紙を書くことと出版物に書くこととの間に本質的な差はなかった。大部分の雑誌、単行本の部数はせいぜい百のオーダーで、稿料などはなきに等しかったし、また逆に手紙であっても、ごく特別の私信を除き、受取人の周辺の人々の間で回覧されることが珍しくなかった。当時の多くの批評文が連続書簡の形式を持っているのも、その反映だろう。

もちろん気の合った人々の間で、或いは地域的に近い人々の間で、さまざまな小グループも作られていた。いや、まず最初にそういう小グループがあったというべきだろう。だがほとんどの場合、メンバーの何人かは複数のグループに属していたから、彼らを介して自ずと複数小グループのネットができ、誰もが自由に他のグループへ渡り歩くことができるようになる。さっき『若きヴェルテルの悩み』の読者層として三千という数を挙げておいたが、それは、そうした小グループが絡み合ってできたドイツ語圏読書ネットトーワーク全体の最大限の人数だと考えられる。

それはもちろん現代日本の出版事情と比べればきわめて小さな世界である。しかしまた現代の状況とは違って、きわめて濃密な世界でもあった。現代の日本では、初版数千部再版なしの文芸作品はもとより、数万部の作品でも、またごく例外的な数十万部のベストセラー作品ですら、一時《いっとき》マス・メディアを賑わしたあとは、消費社会の海のなかでたちまちに拡散して行ってしまうが、当時のドイツ語圏の濃密な世界では、多少とも名ある作家の次の作品は、同じような作家思想家や彼の直接的間接的知人も含む読者層から、いわば自己と時代の運命と未来を決するものとして、固唾《かたず》を呑んで待たれ、読まれたのである。

ゲーテもまたそうした濃密な世界のなかで、商品としてではなく、まず何よりも友人たちへの私信として作品を書いていた。

勿論こうした状況は一方から見れば、純粋に文学作品を書いて行く上で理想的な状況だった。現代では作家が文学市場で生き延びようと思えば、最初に評価を得た作品のイメジを自己の商品のブランド・イメージとして、それを拡大再生産して行くのがいちばん賢明な営業政策である。だが充分な文学市場が存在せず、友人の間で作品が読まれているだけの状況では、ブランド戦略など存在しようもなく、作家は自分の私的メッセージを、素直に自由に、更に言えば勝手気儘に、作品化して行くほかない。

ゲーテの生涯の作品群を見渡すとき、その最大の特徴は過去の自分にとらわれない自由な変身と、その結果としての驚くべき多様さということだが、それも文学市場が未成熟だったことと無関係ではないだろう。

ゲーテの多様さが最大限に展開されるのは最晩年の大作『ファウスト第II部』である。だがそれについてはいずれ触れる機会もあるだろうから、ここでは話を詩に限って考えることにするが、そう限定しても、ゲーテの言葉の範囲の広さ、自在さは、まことに驚くに値する。ゲーテが書いた詩のジャンルを思いつくままに挙げていっても、抒情詩《じょじょうし》や叙事詩《じょじし》、物語詩のような、普通ひとりの詩人がそのうちのひとつを自分の生涯の専門領域とするだろう諸分野を平気でひとりで勝手に横断しているだけではなく、更に学生酒宴歌、戯れ歌、社交詩から始まって、風刺詩、論争詩、教訓詩、箴言《しんげん》詩、そして劇詩、自然理念詩、思想詩へと拡がって行く。しかもそれらの大半は何か日常生活のなかのあれこれをきっかけにして出来た機会詩でもあり、あるいはまた誰かに宛てられた書簡詩でもあって、発表を予めの目的としたものではなく、雑誌掲載などは半ば偶然の結果に過ぎない。かなりのものは死後に発見されて漸くわれわれの手元に残った。

まさに詩人としてもゲーテは〈偉大なるアマチュア〉だったのである。

しかし他方、文学市場の未成熟はゲーテの作品に必ずしもいい結果だけをもたらした訳ではない。

ゲーテにはお遊びのような軽便な作品も多く、また時として作品の仕上げについてもかなりいい加減で、芝居で登場人物の出と入りの平仄《ひょうそく》が合わないこともある。そうしたことの原因のひとつも、ゲーテが作品を商品としてではなく、友人たちへの手紙のように気軽に書いたことにあるだろう。だが、その種の欠点はあまり問題にならない。軽便に見えるもののなかに人生の真実が一点きらめいたり、平仄不整合が作品の本質的価値を少しも損ねなかったりする点が、〈偉大なるアマチュア〉の困ったところである。

しかし、作品を文学市場へ向けてではなく友人たちへ向けての直接的メッセージとして書いた結果、ゲーテはそうしたどうでもいい欠点のほかに、どうにもみっともない失態を後世に晒《さら》すことにもなった。『大コフタ』（一七九一年）と『市民将軍』（一七九三年）の二作品に現れる、フランス革命を前にしたときの自分の内的狼狽ぶりである。

振り返ってみれば、一七九〇年から九四年に至るゲーテの生活は、なかなか慌ただしかった。イタリアから戻る公太后を待ち暮らすうちに生の中軸を失って、憂愁と官能のなかに浮遊しつつ過ごした流謫の地ヴェネチアから漸く安逸な擬似的家庭生活に戻り着いたのは、九〇年の六月十八日だが、早くも翌七月の二十六日にはシュレージエンの戦陣にいるカール・アウグスト慰問のためにまたもや大事なわが家をあとにして、二ヵ月以上を旅に暮らさなければならない。それと言うのも、隣国フランスでは一七八九年以来、旧秩序を根本的に破壊する革命が進行中だというのに、旧大国オーストリアと新興のプロイセンは神聖ローマ帝国内の覇権を争うのに相変わらず忙しく、ともにシュレージエンに軍を進めて睨み合い、そして軍隊好きのアウグストはヴァイマルの連隊を率いて、プロイセン側の陣営に参加していたのである。

だが、それでも、翌九一年はどうやら無事に終わって、ゲーテも家庭生活を楽しめた。しかし九二年になると今度は旧秩序擁護のために漸く手を結んだオーストリア・プロイセン中心の同盟軍と革命フランスとの間の、歴史の明日を争う戦いが始まり、フランス革命の影響はドイツにとって現実的な事件となる。そしてゲーテはまたも戦陣のアウグスト公を見舞うために心ならずも家を離れ、緒戦の形勢を決したと言われるヴァルミィの砲撃戦とその後のプロイセン軍の敗走、そしてまたやや形勢が持ち直した翌九三年にはフランス革命軍の後ろ盾で成立していたマインツ共和国の崩壊と反革命派によるその再占領など、一進一退の戦況と混乱を共にする。この不安定な時期が漸く終わるのは、プロイセンがオーストリアを見限って対仏戦線からの離脱を模索し始め、更にアウグスト公がそのプロイセン陣営からも身を引く九四年の二月である。

さて、そこで問題のフランス革命関連の二作品、はっきり言ってしまえば二つの愚作だが、それはこの落ち着かない時期に戦陣暮らしの間を縫うようにして書かれた。

不思議なことに隣国の革命についての論議でドイツ中が沸き立っていたこの時期、そしてゲーテとも交遊のあったドイツの知識人たちの大半が革命の人道主義的理想に熱狂していたこの時期、ゲーテの手紙にはほとんどフランス革命についての言及が見られない。だがそれは無関心のせいではなく、むしろ用心深さのため、あるいは政治的賢明さのためだったのだろう。更に言えば深い動揺のためだったのだろう。フランス革命は宮廷に依存する自分の安逸な生活を脅かす。まわりの連中は革命の理想について無駄なおしゃべりを続けているが、人間はそれほど正しくありうるのだろ

軍装のカール・アウグスト。
Nationale Forschungs-und Gedenkstätten der klassischen deutschen Literatur in Weimar.

うか。問題は理想よりも日々の秩序なのだ。この悪しき混乱がドイツに波及するのを防ぐためにはどういう対策を取るべきか――。

手紙では沈黙に傾いたゲーテは、その対策を文学作品化して友人たちに伝えようとする。それがこの二作だったのだが、仕上がったものは、一種、床屋政談的な政治劇に過ぎなかった。

もし彼が職業作家だったら、この明らかに不出来な二篇を文学市場に出すことをためらっただろう。だが〈偉大なるアマチュア〉にとっては、文学などは文学に過ぎない。作品のよしあしが、どれほどの問題だろうか。秩序擁護のための緊急メッセージを発すること、世人に広く警告して、それによって現実の生活を守ること――そのほうがはるかに大事で、はるかに必要なことだった。

では、その作品化された緊急メッセージとは、いったいどんなものだったのか。

ドイツの田舎町のにわか革命家を良識ぶって嘲笑する『市民将軍』(一七九三年)については、愚作という以上に言及しようがない。だがヨーロッパの諸宮廷を股にかけた実在の詐欺師、自称魔術師にして錬金術師カリオストロ伯爵ことG・バルサモをモデルとした『大コフタ』劇は、既にイタリアの地で構想され、否定精神を軸として、『ファウスト』劇に対抗する、いわば否定性のメフィスト劇の傑作ともなりうるはずのものだった。

一七八七年ローマでの草稿断片で、主人公ロストロ伯爵の分身、古代エジプトから招霊されたフリーメーソン、コフタは昂然と歌う。

学者は争い　いがみ合い
教師は厳格にやるがいい。
あらゆる時代の賢者は誰でも
笑って目くばせ　意見が一致。
阿呆の改良　めざすは阿呆
おお知恵ある子らよ　馬鹿どもはこけにしてやるのが世の理《ことわり》。
（「コフタの歌」 „Cophtische Lieder“）

コフタの口を借り、こう歌う主人公ロストロ伯爵の人間についての徹底したリアリズムは、もしそれが貫徹されたならば、いま始まろうとしている近世から近代への転形期、そこに加わった多くの良心的な人々が「人類という阿呆の改良を目指した」時代——そこにおいて演じられた人間悲喜劇の数々を、革命と変動の地鳴りが遠く聞こえ始めていた時代の冒頭に早くも予告するものになったに違いない。

だが、一七八九年のフランス革命の影響が漸くドイツにまで及び、人々の心に期待と危惧がせめぎ合うようになった一七九一年に取り急ぎ完成、上演された劇『偉大なるコフタ』（Groß-Cophta）は、まったく奇妙な失敗作だった。筋書きが模した首飾り詐欺未遂事件は、革命前のフランス宮廷を舞台として王妃マリー・アントワネットの関与も噂され、当時おおいに世間を騒がせた実録なのだが、主人公の大詐欺師ロストロ伯爵は事件の進行に介入して活躍することもできず、その筋書きのまわりをうろうろするばかりで、そのうちすべてが何やら無事に解決してしまう。先ほどの歌も姿を消す。そして作者は終幕、脇役の口を借りて、やんごとなき方々が関わるこうした事件は権威の失墜を招かぬよう極秘のうちに処理せねばならぬと、民衆の不満に火を付けぬためのきわめて実際的で政治的な、あるいは宮廷的な知恵を披露して、劇を閉じる。

そこにあるのは歴史の動因からほど遠い、役立たずの実用主義的政治提案だが、しかもその貧しい言葉が、ゲーテが本来の「コフタの歌」の持つ文学的可能性を破壊してもなお、世に提示したかった政治的メッセージだったのである。

それにしてもゲーテに一体、何が起きていたのか？　ゲーテは自己の〈うちなる自然〉である官能性に自分の第一原理を発見してイタリアから戻った。とすれば、いま始まりつつある動乱の時代を前にして、たとえ革命人士《じんし》の理想は信じずとも、大詐欺師ロストロ伯爵の強靭なシニシズムと快楽原理をもって果敢にそのなかへ踏み込み、すべてが変転する時代を奔放に楽しみ、生きることもできたはずではなかったか。

だがゲーテはヴァイマル帰国後、旬日を経ずして、請願書を手にした若い女と出会い、原則なき擬似的家庭生活の安逸を知ってしまっていた。彼にはいまや、ひたすら、その安逸を守るための秩序と安定が大事になっている。〈アマチュア作家〉ゲーテは、『ファウスト』に拮抗《きっこう》する『カリオストロ＝メフィストーフェレス劇』になりえたはずの作品を、自分の安逸な生活を守るために、宮廷の首飾り事件処理に関する末梢的政治技術披露の場としてしまって恥じない……。

とは言え、だが、しかし——と、ひそかに囁くものが私のなかにもある。自己のうちなる自然性の輝き——それをわが第一原理と見なす誇らしさと、自分に請願書を差し出す若い女の魅惑に心を任す安逸さ——。ともにひとのうちなる官能性に働きかけるその両者を隔てる壁は、果してどれほどの高さ、どれほどの厚さなのだろうか。

ともあれ、この支離滅裂な作品は隣国の革命の理想に共感を寄せる多くの知人たちの期待を裏切り、深く失望させ、彼から離反させることになった。以後、彼は次第に時代の動きのなかで孤立するようになる。そしてゲーテ自身も内心ひそかに安手な政治劇を書いた自分の失敗を認めるのだが、しかし表面はまったく素知らぬ顔で「芸術家の権能」（一七九二年）なる奇妙な題名の詩を書き、『大コフタ』を非難する連中に向かい、絵描きが何を描こうとそれは絵描きの勝手だと居直って見せた。

粗野なる豚も神さまの手
蟇《がま》も蛇も神さまの手
神さまだって荒い作りのものも作れば
途中で放り出したものもある。

（中略）

それゆえ神さまの哀れな僕《しもべ》
罪深き人の族《やから》たる私《わたくし》も
若いときから気が多く
あれもやりたい　これもやりたい
訓練の甲斐と運にも恵まれて
名作ありと君らも認める。
これだけ奔走活躍したあとなのだ
たとえ一息入れるとも
もし好意ある人ならば
怠け者とは呼ぶまいぞ。

（中略）

ともあれ描いてしまったものはもう描いてしまったものなのだ。

（„Künstlers Fug und Recht"）

もっともゲーテは、こう歌って全てを忘れてしまった訳ではない。神さまの醜い蟇には生命が通っているが、革命防止策の美辞を説く作中人物にはいかなる生命も欠如していることが、彼に判らないはずがなかった。やがて三十年後、老ゲーテはこの内的危機の時代を振り返って、改めて激しく動揺し、その動揺を乗り切るために、緊張感にみちた自伝『フランス戦役』と『マインツ包囲』を書く。『詩と真実』と同様、そこに書かれていることのすべてが事実である訳ではない。だがゲーテは、あえてそこに、事実を越えたひとつの世界を構築することなしには、その危機の時代を過去のものとすることができなかった。そして更に数年ののち『ヴィルヘルム・マイスターの遍歴時代』を完成させることで、転形期の歴史についての自分の経験のすべてに最後の決着を付けるのである。

10　命綱としての社会的正義
――『クセーニエン（風刺短詩集）』――

この辺でイタリア滞在から帰ってきてから数年間の、公私ともに慌ただしかったゲーテの動静と周囲の事情を、もう一度簡単な年表風に整理しておこう。

一七八八年（三十九歳）。
　六月ヴァイマルに帰着。七月クリスティアーネ・ヴルピウスを愛人とする。やがて市内フラウエンプランの家での擬似的家庭生活（正式結婚は一八〇六年）。

一七八九年（四十歳）。
　六月シュタイン夫人との最終的決裂。七月フランス革命勃発。八月『タッソオ』完成。十二月長男アウグスト誕生。

一七九〇年（四十一歳）。
　四月～五月イタリア旅行より帰る公太后アンナ・アマーリア出迎えのためヴェネチア

に滞在。六月ヴァイマル帰着。七月ヴァイマル公カール・アウグストの要請に応えシュレージエンに出発。当時カール・アウグストはオーストリア軍と対峙するプロイセン軍に参加してシュレージエンにあった。十月ヴァイマル帰着。

一七九一年（四十二歳）。

夏、いわゆる革命劇『大コフタ』の成立とその不評。

一七九二年（四十三歳）。

四月対仏同盟戦争（同盟側はオーストリア、プロイセン）の勃発。六月、一時離れていた市内フラウエンプランの家に戻り、本格的な居を構える（カール・アウグストから贈与され、一八三二年の死に至るまでの住居となった）。八月プロイセン軍とともにフランスにあったカール・アウグストの要請を受け、戦陣を慰安訪問。ヴァルミィの砲撃戦に遭遇し、プロイセン軍と敗走を共にする。フランス軍の占領地域を避けて大きく迂回し、十二月ヴァイマルに帰着。

一七九三年（四十四歳）。

一月フランス革命の進行、ルイ十六世の処刑。五月、革命劇『市民将軍』。同月カール・アウグストの度重なる要請を受け、攻勢に転じた同盟軍のマインツ包囲に参加のため出発。六月攻略直後のマインツ（崩壊直後のマインツ共和国）に入る。八月ヴァイマル帰着。夏、時事風刺的民衆風叙事詩『狐ライネケ』成立。秋、対仏同盟軍の全面的敗退。

一七九四年（四十五歳）。

二月プロイセン軍の戦線離脱の気運とカール・アウグストのプロイセン軍からの退役＝離脱。このあとも革命後のフランスと君主制の同盟国側（オーストリア・プロイセン・英・ロシア他）との戦争は断続的に一八一四年まで続くが、差し当たりゲーテとヴァイマルにとっては暫定的平和（一八〇六年まで）が到来する。


さて、こうして振り返ってみると、ゲーテの多事にして多難だった動乱の数年間、彼の生涯での最大の危機の時期は、一七九四年を境に漸く過ぎて行ったと言っていいようだが、しかし危機が過ぎ去ったと言っても、それはもちろん実生活の上での外的な危機に限っての話だった。革命の進行を前にして露呈したゲーテの内的危機、彼の原理喪失は、戦乱が遠のいて、それで自ずと解決されるという性質のものではなかった。

自分の内なる自然だけを行動の根拠とし、原理とするという、イタリアから持ちかえった生の原則――ゲーテは自分の生活基盤を揺るがし始めた社会変動のなかで、その原則を貫徹することができず、この危機の数年を、原理に遡らない、ただその場しのぎの言葉で切り抜けてきた。だが今、さまざまな党派がイデオロギーの覇権を争う、不安定な暫定的平和期が始まろうとしている。そして、その新しい政治的思想的季節を生きていくために、ゲーテは社会と自分の関係を定める確かな原理を、あるいは原理めいたものを、改めて、何としても、必要としていた。たとえそれが、南国の豊かな自然から生まれた生命の原理を裏切る、それとはまったく異質なものになっても止むを得ない……。

暫定的平和が始まった一七九四年の夏、ゲーテは自分より十歳年下のシラーと、ほとんど唐突に親密な協力関係を結ぶのだが、それはこうした状況が彼に強いた本能的選択だった。

もともとゲーテとシラーでは、その生の基本的感覚がまったく違っていた。ゲーテ本来の夢は、自然そのもののように自ずと生ずる共同体の調和にあったのだが、それに対しシラーが終生要求して止まなかったのは、理念に支えられた道義的社会秩序だった。ゲーテは自分の生命が永遠に脈動する大自然の生命の一環であることを信じていたが、シラーの念願は自分の地上における行動が進歩を目指す人類の歴史の一齣《ひとこま》となることだった。だがゲーテは、そうした、自分の本質にはむしろ反するシラーの理想的道義的社会秩序への確信だけが、危機にある自分を支えうる唯一の支柱だということを、この状況のなかで本能的に察知し、それへ手を伸ばしたのである。

そもそもゲーテとシラーは、この一七九四年に初めて知り合ったわけではない。野心に燃える若い作家だったシラーは文壇の大家ゲーテに反発しながらも、くりかえしゲーテへの接近の機会を探していた。そしてシラーの許嫁《いいなずけ》でのちに妻となったシャルロッテ・フォン・レンゲフェルトは、シュタイン夫人を介して子どもの頃からゲーテの交友圏内にあった少女だったから、ゲーテのイタリアからの帰国以降、ふたりは実際にさまざまな形で個人的に接触している。だが、それにもかかわらず、ふたりの交友が深まらなかったのは、ゲーテのほうがいつも打ち解けない態度でシラーに対していたからだった。ところが一七九四年という年に再びシラーの側から働き掛けがあったとき、ゲーテは喜んでそれを受け入れる。

その年、ふたりが偶然に路上で交わした自然学の方法をめぐる会話が交友を深めるきっかけとなったと、世のゲーテ伝は伝える。だがゲーテが報告するその対話の内容はむしろ、ふたりの間を決定的に遠ざけ兼ねないものであった。ゲーテにとって生命に溢れる自然の全体性は、自分の五感を通していきいきと感受できる経験的事実そのものであったが、シラーはそれを指して観念だと言い、そしてゲーテはそのシラーの言葉に対して強い反撥を禁じえない。そこには自然についてのふたりの感受性の、根本的な相違が現れている。だが自分はそのときあえてその反撥の気持ちを抑えて友情を結んだのだと、ほぼ四半世紀ののちに書いた自伝的エッセイ「幸せな出来事」にゲーテは記す。

ゲーテは対人関係において総じて気難しく、時としてほとんど冷酷無慘にまで容赦ないが、またその時々、自分が生において何を必要としているかについては決して誤たない。このときゲーテは、自分が自分と異質なシラーを、異質であればこそを必要とすることを知っていたのである。

かつて開明的宮廷人ゲーテの周囲にいたのは、自由を求める若き世代と、彼の高貴なる精神への憧憬を認知した宮廷文化の文化的長老たちであったが、前者は革命への評価をめぐってゲーテに失望し、後者はイタリアからの帰国後のゲーテの官能性への傾斜に反発して、ともにこの時期、ゲーテには疎遠な存在になっていた。

シラーの許嫁シャルロッテは、一七九三年十二月、ゲーテへの接近を願ってまだ果たせないでいた婚約者に書く。

「(貴方はイェーナでゲーテと遇うことになるでしょうが) 私は貴方が彼と付き合うようになればいいのにと、彼自身のために願っています。そうすれば貴方の精神が彼にいい働きを及ぼすでしょうに。私にはゲーテが自分自身と調和できないでいるように見えるのです。世間と調和できないでいるのも、そのせいなのでしょう。まったくつまらない人間ばかりをあれほどたくさん自分のまわりに集めているのを見ると、そうとしか思えないのです。自分自身を見つけることさえできれば、ああした人たちを探し求める必要などないのですから」

シラー。1793 年、34 歳頃の肖像
Schiller-Nationalmuseum und Deutsches Literaturarchiv, Marbach a. Neckar

シャルロッテはこのときまだ十八歳、素直で温和な少女だったと言われているが、その見るところは鋭い。「ゲーテが自分自身と調和できないでいる」とは、彼が自分の生の原理を失っているということに他ならない。彼を取り巻くのは卑俗な心の持ち主ばかりである。それを自身でも自覚したときゲーテは、ほとんど少女の予言的忠告に従ったかのように、あえて自分を抑えてシラーと手を結んだ。

こうしてゲーテは、暫定的平和期を生きる自分の立場を固めた。程なくシラーとの共同作業から、時局風刺詩集『クセーニエン（風刺短詩集）』（一七九六年発表）が生まれる。『クセーニエン』はゲーテも寄稿するシラーの雑誌『ホーレン』に対する世の攻撃への反撃として計画されたものだが、そのなかの詩はみな、ゲーテの提案に従って草稿と校正刷が両者の間を行き交い、互いに自由に書き込みながら成立して行ったから、どれをもってゲーテの作、どれをもってシラーの作とすることはできない。いわば両者はそれらの詩に対して意識して共同の責任を負ったのである。近世人であるゲーテは、近代詩人のように自己の個性にこだわることはない。重要なのは、シラーとともに時局＝歴史の新しい局面に対する自分の立場を鮮明にすることだった。ここでのゲーテには、日々変転する動乱初期の作品、あの『大コフタ』にあった曖昧さはもう見られない。

『クセーニエン』冒頭に置かれた数篇の短詩を読んでみよう。そこからは自己の立場を思い定めた人間の臆することのない哄笑《こうしょう》が聞こえてくる。改めて言えば、クセーニエとは風刺的二行短詩形を言う。

市門に立つ芸術審査書記

止まれ　通行人よ　汝は誰か？　身分資格を申し立てよ。
査証提示のなきものの　ここを通るはまかりならぬぞ。

クセーニエ（風刺短詩）
われらは只の二行詩野郎。よくも悪くも　それだけの奴。
　たとえお許しあらずとも　関所の棒を乗り越えます。
検査官
先ずはトランクを開けるのだ。密輸の品はあるまいな。
　教会　国家を害するものや　フランス渡来の品は厳禁。
クセーニエ
トランクなんぞは持たぬがわれら。ポケットだけがただふたつ。
　詩人のポケットが軽いのは　世間も承知の通りです。
鈴付き献金袋を手にする男
そこなお方よ　この道通るには習わしあって
　愚者と間抜けに貧者の一灯　捧げず行き来はするまいぞ。
神頼み的自助主義者
このいまいましい乞食根性！　前行く馬車が払ったもので
　われらの分にも充分だ。無駄金はない　強行突破。
福引き男
市を開くぞ　品物並べ　小屋を素早く飾るがいいぞ。

さあさあ　作家先生方よ　誰もが籤引き　運試し。

客たち
こうした店では　当たりは少ない
　と知っても膨らむ　希望と物好き。

　こうして開かれたシラー編集『一七九七年のための詩神年鑑』の歳の市で、四百を越す風刺二行短詩たちがそれぞれ二本の鋏《はさみ》を振り立てて、文壇思想界のあらゆる現象、人士に襲いかかる。レッシングなどに献げられた僅かな讃辞を除けば、そのほとんどは論難と嘲笑であり、ときとしてそれは極めて偏頗《へんぱ》、不公正である。取り分け革命と共和制は愚者の夢想として断罪される。かつては親しい友情の対象であったあのG・フォルスター――キャプテン・クックに随伴した世界周遊探険者であり誠実な共和主義者であり、マインツ共和国を同志らと支え、混乱するジャコバン派独裁下のパリで革命への信念を守りつつ孤独に客死したG・フォルスターも、くりかえし嘲笑の対象となった。

エルペノール
ここで逢うとは　エルペノールよ！　俺なんぞよりはるか先へと駆け抜けた
　はずのお前が何故に今頃！　意気も消沈　脚まで折って。

不幸なるせっかち男
ああ　自由平等の叫びに引かれ　遅れるまじと急いだが
　あまりに長い階段に　思わず屋根から飛び降りた。
　（注。エルペノールはトロヤ戦争からの帰還の途中、泥酔して魔女キルケの家の屋根から転落
　　して首の骨を折る）
不幸なるフレギアスよりすべての人々への警告
おお　俺は　馬鹿で阿呆で逆上野郎！　いや俺のみならず
　女の意見に耳を貸し自由の樹などを植える手合いは　これみな全員逆上阿呆。
三色帽章
いったい誰だ　地獄のなかをわめき歩いて
　憤怒の拳で三色帽章　引き千切らんとする奴は？
アガメムノン
おお　幸いなるかな　市民オデッセイよ！　汝の妻は慎ましく
　夫の靴下を編むのみで　三色記章を縫い着けはせぬ。
　（注。フレギアスはアポロの宮殿に火を放ち地獄に落ちた。トロヤ戦争から帰還したアガメム
　　ノンは男と通じていた妻のクリュタイムネーストラに殺されたが、オデッセイの妻ペネ
　　ローペはすべての求婚者を退けて夫を待っていた。――フレギアスに擬せられているの

はG・フォルスター。その妻テレーゼと女友達カロリーネ・ベーマーも革命支持者であり、テレーゼはマインツの革命をめぐる混乱のなかでフォルスターと離婚し、同じ革命支持者で夫の友人L・H・フーバーの妻となった。フォルスターは強い愛情を妻に残しながら、それを承認し、ジャコバン派支配下で混乱するパリに留まり、孤独のうちに客死する。なお再婚後のテレーゼ・フーバーは、のち作家として知られ、またカロリーネ・ベーマー生家姓ミヒャエリスは、夫ベーマーとの死別後、A・W・シュレーゲル、更にシェリングと結婚。また「市民オデッセイ」はクロプシュトックを指すと言われている。三色帽章ないしは三色記章は、革命派の象徴)

(„Xenien")

フォルスターが革命と自分の個人的運命について書き残した誠実な文章を少しでも読んだことのあるものにとっては、これらのクセーニエ(風刺短詩)が不公正であり、何の根拠もない誹謗《ひぼう》であることは明らかである。それは、一度はフォルスターの親しい知人であったゲーテにも判っていたはずだった。だがゲーテは、この歴史の転形期における自分の立場を定めるためには、激越不正な嘲笑をも辞さなかった。あるいはシラーによる嘲笑に、ためらうことなく自分の名を署名した。それによって辛うじて、彼は自分の危機を脱出できたのである。

もちろん人間は、そうした不公正さのための代償を支払わないわけには行かない。シラーの一八〇五年の死に至るまでの十年余り、ゲーテは彼との協力関係を維持し続けたが、特にその前半の時期、ゲーテのなかで〈自然〉という言葉が微妙に、しかし決定的に意味を変えた。それはその期間、かつてのように全存在の根源にある豊かで多彩な生命の力を意味するものではもはやなく、多様な生命の有りように正しきひとつの原型を指示する〈規範〉となる。そしてゲーテの作品から暫時、自然の生命だけが持つしなやかさが消える。シラーとの共同の検討作業を通じて書き継がれた『ヴィルヘルム・マイスターの修業時代』の後半、〈塔の結社〉の構想と、それによる作品全体の変貌においてそれは特に著しい。

だが、それもまた、止むをえないことだった。歴史は転形期の初頭、秩序が流動し始めるなかで絶対的自由の幻想——人間の自然性と社会との無前提的調和の幻想を人々の心のなかに育てながら、やがて現存秩序の崩壊が現実となる次の瞬間、社会的カオスの恐ろしい姿を開き示して、一瞬にしてその美しい幻想を打ち砕く。そしてかつて青年の頃、ゼーゼンハイムの野に馬を駆り、恋人の許へと急ぎつつ、一瞬、完全に、その絶対的自由の幻想に身を委ねたゲーテは、いま幻想を打ち砕く歴史の陥穽《かんせい》のぎりぎりの縁に立って、わが身を救うためにシラーの提供した〈社会的正義〉という手すりをあえて摑んだのである。そしてひとつの正義を信奉するとき、ひとがしばしば自然の生命と自由な眼を失って硬直し、あえて不公正となることさえ辞さなくなることは、二十世紀の歴史を通じて私たち自身のあまりによく知っていることである。

11　自然への復帰

――「献げる言葉」――

　人間は大きな宇宙のなかに自然の存在として生まれ、無限の時空のなかに自然存在としての生を送り、死とともにその存在を終えて消えて行く。だが同時に、人間は誕生のその瞬間から社会のなかに生まれ落ちる。親子関係も単なる生物学的関係ではなく社会的関係のひとつである。そして人間は一生、社会的存在として他者との関係のなかに生き続け、やがて死に至っても社会的関係のなかで死ぬ。葬儀は彼の生涯の社会的関係の総決算となる――。

　こうして見ると、人間は一生、自然存在でもあり、同時に社会的存在でもある二重の生を生きるべく、運命づけられているらしい。

　ゲーテの作品に目を転じれば、彼の数多い作品のうちでも『ファウスト第I部・第II部』は宇宙のなかの自然存在としての人間の運命と軌跡を描いているが、『ヴィルヘルム・マイスター』二部作（『修業時代』『遍歴時代』）は、社会のなかに生きる人間の、さまざまな生の形式を提示している。

もちろん『ファウスト』の主人公もグレートヒェンを始め他の人間たちとの社会的関係を生きていないわけではないし、また逆に『ヴィルヘルム・マイスター』の人物たちの多くも、自分が自然存在でもあることに気付いていないわけではない。特にミニョンと竪琴弾きはうちなる自然性の呼び声に心を震わせ、破滅への道を急ぐ。それは、人間がそもそも二重の生を生きる宿命を持ち、そして秀れた文学作品がそうした人間の生の実相に眼差しを向ける以上、当然のことだろう。

だがその際『ファウスト』の作者にとっては、主人公ファウストはもとより他の登場人物たちもまた、宇宙の自然的生命を生きるものなのであって、さまざまな社会的関係ないしは他者との関係もすべては自然の相においてもう一度把握され直される。それに対し『ヴィルヘルム・マイスター』の作者にとっての問題は、うちなる自然性を生きる人間がそれにもかかわらず社会のなかでの生を生きざるをえない存在であること、彼の生命の場が社会以外にはありえないということだった。

別の言い方をすれば、自然と社会の二重の生を生きる人間を、『ファウスト』は自然の側から、『ヴィルヘルム・マイスター』は社会の側から凝視していると言えよう。『ファウスト』と『ヴィルヘルム・マイスター』は、その意味で、同じゲーテによって書かれながら対照的な作品である。ひとりの作家の生涯の課題を包括的に描き出した作品をライフ・ワークと呼ぶとするなら、ゲーテには互いに異質なライフ・ワークが、二つあるかのようにさえ見える。

この二つの作品はともにゲーテの長い生涯のほとんどを伴走しながら、次第にその最終的な形へと生成して行ったという点でも、それぞれにライフ・ワークと呼ばれるにふさわしい。『ファウスト』は子どもの頃に触れた歳の市での人形芝居や民衆本のなかから姿を現し、二十代の前半に書き始められ、いくつもの段階を経て、その『第II部』まで完成したのは死の前年、一八三一年、八十二歳の誕生日の直前だった。また『ヴィルヘルム・マイスター』は祖母から贈られたクリスマス・プレゼントの人形芝居を自分で上演した幼児体験から発し、二十代前半から三十代半ばの『演劇的使命』試作、四十代での『修業時代』完成など、やはりいくつもの段階を経て、一八二九年、八十歳を前にして、二部作『ヴィルヘルム・マイスターの修業時代』『ヴィルヘルム・マイスターの遍歴時代』として完成した。そこにはそれぞれに、ゲーテの全生涯の経験と思索が籠められている。

この本質的に相異なる二つの作品が、互いに異質であるまま、しかしゲーテの世界のなかでひとつのゆるやかだが正確な連関を形作るようになるには、晩年の一八二〇年代後半、『ヴィルヘルム・マイスターの遍歴時代』執筆の最後の時期を待たなければならない。そのとき七十代を終わろうとしていた老ゲーテの内面から、老聖女マカーリエが姿を現す。マカーリエは地上の存在でありながら自分の内面に太陽系を持ち、かつ同時に自分自身が太陽系を離脱しつつある天体でもあるという不可思議な存在である。個人的欲望の諦念を説く『遍歴時代』の空間のなかで、社会の必然的要請と自分の自然な願いとの間の齟齬に悩む人々の心の苦しみは、ただ聖女マカーリエの前に坐るだけで自ずと解きほぐれて行く。そのとき初めて、『ファウスト』の作者の眼差しと『ヴィルヘルム・マイスター』の作者の眼差しが、遠い宇宙の無限遠点で重なり合ったと言えるだろう。

だが、そこに到るまでには、ほんとうに長い年月が必要だった。そしてその長い年月、この二つの作品はゲーテという振幅の激しい人間の、社会性と自然性という二つの極を担い、それぞれに蛇行しつつも決して交わらない二本の輪郭線として、その生の形の全体像を作って行った。

『ファウスト第Ⅰ部』「地下牢」の場。
ドラクロワによる石版画。
Goethe-Museum Düsseldorf.
Anton-und-Katharina-Kippenberg-Stiftung.

一七九七年、前年に『ヴィルヘルム・マイスターの修業時代』を完成し、四十八歳を目前にしたゲーテは、次の仕事として、久しく中断していた『ファウスト』の仕事を再開しようと試みた。若い青年の夢想を書き留めた最初の試作からは既に四半世紀が経ち、八八年のイタリアからの帰国後、それまでに書いた場面を集めて『ファウスト断片』として出版してからでも、十年が過ぎようとしていた。九七年の六月二十三日、ゲーテは日記に「『ファウスト』の詳しい構図」と記す。そして、その翌日の日記には「『ファウスト』への献げる言葉」という記載がある。『ファウスト』には三つのプロローグがあるが、そのうちの第一のプロローグとなる詩「献げる言葉」が書き始められたのである。「献げる言葉」はやがて、八行四連、計三十二行のスタンザとして完成した。だがそれは、スタンザ（定型八行詩節）の特徴として時に挙げられる荘重さよりも、むしろ遠い青春の日々を思い起こす詩人の切迫した追憶の思いに充たされている。まず、その最初の二連に耳を傾けよう。

献げる言葉

また近づいてくるのか　おぼろに揺れる影たちよ
かつて　いまだ見るすべを知らなかった眼差しの前に現れたお前たちよ。
今度こそお前たちを捉えようと　私はするのだろうか？
私の胸はかつての幻想に　なお心引かれるのだろうか？
お前たちは近づき迫ってくる！　さらばよし　お前たちに身を任せよう
靄《もや》と霧から立ち現れる影たちよ。
お前たちを包む魅惑の大気に打ち震えて
私の心はにわかに若やぐのだ。

お前たちとともに楽しかった日々の様ざまな情景が帰ってくる。
懐かしいあの人この人の面影が浮かび
半ば忘れられていた古い伝説のように
はじめての恋や友情が立ち戻ってくる。
苦しみは新しい血を流し　嘆きの声が胸を突き上げて
生の迷路を狂おしく駆けめぐり
私を残して早く逝ったあの善良な人々の名を呼ばわる
ひと時の幸福に欺かれて生の美しい季節を失ったあの人々の名を。

かつて若い自分の不確かな目の前に現れたファウストやグレートヒェンの影、そしてまたメフィストなどの影たちが、今またおぼろに揺れながら戻ってくる。ためらいながらもその影たちの魅惑に身を任せると、はじめての恋や友情の日々が立ち戻り、詩人の心はにわかに若やぐ。だが、それとともにかつての苦しみ、嘆き、迷いもまた、あたかも自分がいまその場に、そのままにあるかのように激しく心を揺さぶる。しかも、心乱れて、そうした日々をともにした古い友人たちを必死に呼ばわり、求めても、もう彼らの姿を目にすることはない――。
深い懐かしさと、決定的な喪失の感覚が、おぼろげに揺れ動く影たちの背後から滲み出し、続く第三連、詩人は自分の現在の孤独を、いま一度、改めて確認するかのように言葉を続ける。

彼らが今また続けられるこの歌を聞くことはない
私の最初の歌を聞いてくれたあの彼ら
吹き散った　あの友情篤かった聴き手たち
響き消えた　ああ　あの時の応《いら》えの声。
いま私の苦しみは見知らぬ人々の耳に響き
彼らの賛辞さえもが私の胸を不安にする。
そして　私の歌に喜んで耳を傾けてくれた人たちは
たとえなお世にあろうとも　散り散りに広い地上を迷い歩いている。

ひとり呟くように嘆く詩人の言葉に耳を傾けていると、この地上に生きることの孤独が読むものの心に浸み込んでこずにはいない。
だが忘れてはいけない。前章にも書いたように、この孤独の感情に震える「献げる言葉」を書いた一七九七年は、ゲーテがシラーとの緊密な協力関係にあった年である。前年の九六年十月にはシラーとの共同作業『クセーニエン』がシラー編集の『一七九七年のための詩神年鑑』に発表されて文壇、思想界を騒然とさせ、同じ頃から書き始められた『ヘルマンとドロテーア』の執筆は「いわば私の目の下で」（シラー）進んで行ったし、また九七年はふたりのバラード（物語詩）競作の年としても知られている。そして何よりも九六年に完成した『ヴィルヘルム・マイスターの修業時代』は、各巻の草稿が書き上げられる毎にシラーの手元へ送られ、口頭と書簡による詳細な意見交換、更には時として加筆訂正もされた上で、初めて印刷に回されたのだった。

いや、そもそも『ファウスト』の執筆再開それ自体が、シラーと深く結びついていた。一七九四年十二月、ゲーテとの協力関係に入って間もないシラーが『ファウスト』についての強い関心を示したとき、ゲーテはそれに深く感謝し、やがて九七年六月に『ファウスト』の仕事を再開したときも、誰よりも先にそれを予告した相手はシラーだった。

とすれば、同じ九七年六月に書かれた「献げる言葉」に滲み出る孤独の感覚――これはいったい何なのだろうか。

ゲーテを読んでいると、ときおり眩暈《めまい》がするような気がする。たとえば既に「6　愛の乾溜――シュタイン夫人」で触れたように、一七七六年の春二十六歳のゲーテは、深い嘆きに充たされた書簡詩「何故そなたは　運命よ」をシュタイン夫人へ宛てて書きながら、それとまったく同時期に「ハンス・ザックスの詩的使命」では詩人に与えられる可憐で肉感的な少女を明るく夢見ていた。そして今度は、一方で『ファウスト』に寄せるシラーの関心に繰り返し感謝を表明しながら、その新しい執筆時期の到来を告げる「献げる言葉」には、いま私たちが読んだ通り、

「彼らが今また続けられるこの歌を聞くことはない／（中略）／いま私の苦しみは見知らぬ人々の耳に響き／彼らの賛辞さえもが私の胸を不安にする」

と記す。ゲーテにとってシラーもまたこの瞬間、その賛辞が自分を不安にする「見知らぬ人々」のひとりに過ぎなかったのである。

だがそれは、たとえ矛盾と見えようとも、ゲーテにとって否定することのできない真実だった。ゲーテがシラーを九〇年代の協力者に選んだのは、フランス革命後の内的動揺のなかでシラーの道義的秩序感覚が自分の拠り所となることを本能的に知っていたからだった。そして、だからこそ、時局風刺を梃《てこ》として自分の立脚点を宣明した『クセーニエン』において、そして社会における人間のあるべき位置を測定しようとした『ヴィルヘルム・マイスターの修業時代』において、シラーとの共同作業がゲーテにとって欠かすことのできない重要な意味を持ったのだった。

しかし『ヴィルヘルム・マイスターの修業時代』を完成した今、ゲーテの視線は自然存在としての人間のすべての可能性を探り尽くそうとする、古く懐かしい『ファウスト』へと向いている。そのとき、人間のうちなる自然はいかにして肯定されうるのかという太古からの問いがゲーテのなかで甦る。それはシラーの道義的歴史的秩序感覚とは本質的に相入れない問いなのである。

「献げる言葉」を書くゲーテの心を一瞬、シラーもまたそれを読むだろうという思いとためらいがかすめるということは、なかったのだろうか。だが、太古からの問いの持つ真実の力の前には、そうした世間的な顧慮など、何の意味も持たなかったに違いない。

「ナンジラ神ノ如クナリテ　善悪ノ別ヲ知ルニ至ラン」（『ファウスト』二〇四八行）

このメフィストの言葉は、善悪の区別も定かならぬ仕合わせな無智から離れ、神を気取って善悪を弁じる人間への、悪魔からの皮肉と同情に満ちている。

こうして、「見知らぬ人々」のなかにひとり悄然と立って、「散り散りに広い地上を迷い歩く」生の孤独を呟くように歌ってきた詩人は、最終の第四連へ言葉を進める。

そして私を　とうに忘れていた憧れが摑み
静かで厳粛な霊たちの国へと引きつける。
おぼつかぬ声をふるわせながら
私の囁く歌は風琴の響きのように空中に漂い
戦《おのの》きが私をとらえ　涙は止めどなく
頑なな心も溶けて和らぎ
今あるものは遙かに退き
そして　一度は消え去ったものがありありと眼に映り始める。（„Zueignung“）

読み進むとともに心に美しい宥和《ゆうわ》の感情が拡がって行く。そして遠い影たちが詩人のなかで甦り始める。だがいま一度、この最終連をゆっくりと読み直してみよう。第三連の最後の、広い地上を迷い歩く失われた古い友人たちの姿を受けての、第四連冒頭の「そして」という発語——この発語は、ほとんど強引に響きはしないだろうか。何故、友情篤かった友人たちを失って孤独な詩人に、一度は忘れ果てたかつての憧れが甦ってくるのか。何故それが孤独な彼を「静かで厳粛な霊たちの国へと」導きうるのか。

しかし、そのわずかに強引な「そして」という言葉で、ゲーテは九〇年代の二重の危機を乗り越える。彼はいま孤独である。シラーとの共同作業は差し当たりの危機を切り抜けるために必要なものであったが、しかしそれは彼の孤独を更に深め、更なる危機、自然性喪失の危機へと導くものでもあった。そのとき二重に孤独なゲーテは古い影たちの誘いに引き込まれるように、「そして」と言葉を発しつつ「霊たちの国」、あの『ファウスト』の影たちの故郷へと降りて行く。それは自然存在である人間がうちなる自然の魅惑に身を委ねる、深く懐かしい空間である。おそらく、孤独であればこそ遠い影たちが遠い記憶のなかから甦ってきたのだ。

社会に生きる人間が現実に抱え込む孤独が、そうした影たちによって救われることはありえない。だが懐かしさに誘われ、その空間に身を置き、おぼつかぬ声で古い歌を囁けば、涙とともに生との和解が詩人を訪れ、一度は見失った『ファウスト』の影たちが涙に濡れた目にありありと映り始める。

こうして「献げる言葉」の最終行とともに、再び人間の自然性に根差す『ファウスト』の世界が動き始めた。

実際に『ファウスト第Ⅰ部』が完成するには、更にまた十年近い日時が必要だった。その間ゲーテは、その進捗状況を逐一シラーに報告するが、『ヴィルヘルム・マイスターの修業時代』のときとは異なり、草稿をシラーに示すことはない。完成を待ちわびていたシラーは一八〇五年に四十五歳で死に、翌一八〇六年にゲーテが三つのプロローグとともに『ファウスト第Ⅰ部』を書き終えたとき、それを読むことはもうできなかった。

12　エルポーレの囁き
――「空なり！　空の空なり！」『パンドーラ』――

一八〇五年五月九日のシラーの死がゲーテにとって大きな打撃であったことは、疑う余地がない。

ゲーテ自身も十九世紀に入り五十歳を越えてから、健康がすぐれなかった。5章の図版（七三頁）の肖像を見ても察せられる通り、青年期、壮年期、彼の美貌はいつも女たちの注目の的であったが、今や「腹は妊娠女のように突き出し、脂肪で水膨れのようになっている顎は首まで垂れ下がっている」（同時代人の手紙）。そして度重なる病気が不健康に肥満するゲーテの生命を脅かす。一八〇一年一月には顔面から喉にかけての悪性の感染症で数夜にわたって生死の境を彷徨い、遠隔の地ではまたゲーテ死去の虚報が飛び交って知人たちを憂慮させたし、この一八〇五年にも年頭から痙攣を伴う腎臓の反復的な激痛に襲われて、一度回復してもまたすぐぶり返すということを繰り返していた。シラーの死も、ゲーテは病床に伏したまま知った。

その日、家の中が終夜、騒がしいのに気付いたゲーテは、翌朝ベッドのなかからクリスティアーネにたずねる。

「シラーは昨日、ひどく悪かったのではないかね」

クリスティアーネは泣いて答えられない。

「死んだのか？」

「ご自分で、そうおっしゃっているじゃありませんか」

クリスティアーネがそう繰り返すと、五十六歳のゲーテは顔を背け、目を両手で覆い、それ以上一言も言うことなく泣いた――。

その場に居合わせた青年、ゲーテが尊重していた同時代の作家J・H・フォスの息子が、状景をそう伝えている。

その月の終わりになって、漸くゲーテの病状は回復してくる。六月一日ゲーテは、その後半生にあって最も気を許した友人であったベルリンの作曲家ツェルターに宛てて、書く。

「私は自分自身の生命を失うことになるだろうと思っていたのに、ひとりの友人を失うことになり、しかも彼とともに自分の存在の半ばを失ったのです」

こうした同時代者の報告や本人の手紙の真実性を疑うことは、誰にも決してできない。

だがゲーテはこの打撃から素早く立ち直る。そして新しい創造の時期が彼を訪れる。しかもそれは、シラーの死にさえ打ち勝って、というよりむしろ、シラーが死に、その古典主義的な呪縛から解放されて、ゲーテのなかで新しい生命が甦ったかに見えるのである。

前章でも触れたことだが、一七九〇年の『ファウスト断片』の出版以後、『ファウスト』の仕事は停滞していた。一七九四年のゲーテとシラーの盟約以降、その再開に向けて繰り返し働き掛けたのはシラーだったが、九七年、古典的詩形による美しいが退屈な家庭的叙事詩『ヘルマンとドロテーア』を完成させたあと、突然また『ファウスト』に手を付けたゲーテが書いた序詩「献げる言葉」からは、盟友シラーの存在を裏切るかのように深い孤独感が滲み出る。そして、そのあとはまた、シラーの度重なる慫慂《しょうよう》にもかかわらずときおり断続的な試みがされるだけで、ほとんど仕事は先へ進まない。一八〇〇年になると、ゲーテは第Ⅰ部を完成させないまま、『ファウスト』全編のなかで最も古典的な響きで幕を明ける「ヘレナ劇」、のちの第Ⅱ部第三幕冒頭に手を付けるが、それもすぐに中断する。

一八〇〇年前後、仕事が停滞していたのは、『ファウスト』だけではない。革命の時代の思想的課題に改めて結着をつけることを目指した古典主義的三部作『庶出の王女』も、導入部となる第Ⅰ部を書いただけで中断してしまう。ゲーテ自身、自分の詩人としての生産的な時期はすでに過ぎてしまったのではないかと考えていた節がある（ジャン・パウルの回想、またゲーテ『年代記録』一八〇五年の項など）。

ところがシラーの死から五ヵ月後の一八〇五年九月、盟友追悼の行事の終わるのを待っていたかのように、ゲーテは四年の中断を破って再び『ファウスト』に着手する。そして仕事はにわかに順調に進み始め、翌一八〇六年の四月には『ファウスト第Ⅰ部』が完成する。

フランス革命のあとの内的危機の時代、ゲーテは自然ではなく歴史の正義を信ずるシラーを必要とし、彼と堅い盟約を結んだのだったが、その時期はもう終わっていた。それは、あえて言うならば、ほとんどシラーの死を——もとよりゲーテが、ではないにせよ——ゲーテのなかの自然の力が、待ち望んでいたかのようである。

『ファウスト第I部』の仕事が進行中であった一八〇六年の初め、五十代半ばのゲーテは旧約聖書「伝道の書」の一節から題名を借りて、奔放な酒宴の歌「空《くう》なり！　空《くう》の空《くう》なり！」を書く。もとより戯れ歌だが、〈In vino veritas〉、酒中にこそ真実あり、とも言う。その快活な歌に暫く耳を貸そう。

空なり！　空の空なり！

俺は世の中　何も当てにしないと心に決めた。
　ブラヴォー！
だから人生　快適至極。
　ブラヴォー！
俺の仲間になりたい奴は
盃を上げ　傾けて　底に残った一滴にかけ

声と心をひとつに合わせて　さあ歌おう。
むかしは俺も金に財産　恃《たの》んだものだ。
　ブラヴォー！
それで消えたは　喜び　元気。
　おお　災いなるかな！
金貨は転がる　あっちへ　こっちへ
ここで押さえりゃ
あっちが逃げる。

なら　当てになるのは女たち。
　ブラヴォー！
ところが　あれこれ面倒多し。
　おお　災いなるかな！
悪い女は浮気者
貞節女は退屈至極
最上女は非売品。

いっそ旅の暮らしに我が身ゆだねん。
ブラヴォー！
故郷《くに》の流儀風儀もとんと忘れた。
おお　災いなるかな！
どこに行っても寛ぎはなく
知らぬ料理に馴染まぬベッド
俺のこころを察する奴なし。

名声名誉を当てにもしてみた。
ブラヴォー！
ところがすぐにも追い抜く奴が。
おお　災いなるかな！
ひとに先んじ　功績あげても
横目で睨む白い眼ばかり
誰の気にいられる訳でもない。

戦場で武勲揚げれば　文句はあるまい。
ブラヴォー！
我等が積み上げたる勝利の数々。
ブラヴォー！
敵の国へも攻め込んだ。
だが勝敗は時の運
脚を一本　失くして終わり。

それゆえ俺はこの世の中　何も当てにしないと心に決めた。
ブラヴォー！
これで世界は隅々までも　余すことなく俺のもの。
ブラヴォー！
歌も食事もそろそろ終わり。
さあ　底の底まで飲み干そう
一滴たりとも残しはすまいぞ。

（„Vanitas! Vanitatum vanitas."）

世事のすべてが当てにならぬと心を決めれば、人間は完全な自由を享受することができる。その解放感を気楽に歌うこの戯れ歌に、逆にシラー死後の心の空虚感を深読みすることも可能かも知れない。いや、ゲーテの主観に即して考えれば、それこそが正しいとの判断もありえよう。しかし、そのとき、空虚さを空虚さとして受け入れる詩人の視線の先は、酒宴の戯れ事の形を借りて何処へ向けられているのか。

「彼の精神は力強く／真善美の永遠の国へと歩を進め／われらすべてを縛る日々の営みは／そのあとに本質なき仮象として取り残された」

前年の八月シラー追悼の際、ゲーテは格調高くそう歌ったのだったが（「シラーの〈鐘の歌〉へのエピローグ」の一節）、一年後のこの戯れ歌の視線はその「真善美」なる言葉を早くも忘れたかのように、地上世界の「歌と食事」、つまりシラーの捨てて去った「本質なき仮象」である「日々の営み」の享受へと向けられている。そして考えてみれば、いま書かれつつある、いまこそ書かれなければならない『ファウスト』の主人公こそ、人間の「日々の営み」で充たされた地上世界での「歌と食事」の「底の底まで飲み干そう」、味わい尽くそうと渇望しているのではなかったか。病気勝ちに五十代の半ばを越えたゲーテは、その時代の常識に従えば自分の人生の「歌も食事もそろそろ終わり」であることを痛切に感じ、だからこそ『ファウスト』を完成させようとしていた。そのとき、雑多な「日々の営み」の媒介を拒否して「真善美の永遠の国」を直接に目指すシラーの精神は、この地上世界の多様さ、豊かさを破壊するものとして機能せずにはいなかったはずである。

〈In vino veritas〉。酒宴の戯れ歌のなかにこそ、シラー死後のゲーテの真実はあった。

だが第Ⅱ部を含めた『ファウスト』全体の完成までには、まだ四半世紀の歳月が必要だった。また当然のことながら、作中人物の虚構の運命と作家の現実の生との間には、覗き込めば眩暈《めまい》のするような深淵が開いている。ゲーテが暫定的平和を楽しんでいるうちにも戦いは続き、ライン左岸はフランスに割譲され、西暦九六二年以来の神聖ローマ帝国は四十ばかりの領邦国家群に姿を変えていた。そして、酒宴の戯れ歌を快活に歌い、同じ年の四月には『ファウスト第Ⅰ部』を書き上げたゲーテを待っていたのは、同じその一八〇六年の秋、イェーナ近郊におけるプロイセン軍敗北の直後に起きた、フランス軍によるヴァイマルの占領とゲーテ家への兵士乱入事件だった。

自分と家族の生命と財産を脅かした一八〇六年十月十四日のこの事件を、「空の空なり」と観じて笑い捨てることは、現実主義者ゲーテのすることではない。ゲーテは現実のなかにあっては迷うことなく自らの現実の生を生き、この事件を好機として長年の懸案にけりをつけた。事件五日後の十月十九日、ゲーテは既に十数年をともに暮らしてきた身分違いの同棲者、四十歳を越えたクリスティアーネ・ヴルピウスとヴァイマル城内の教会で正式に結婚する。十年以上続いた断続的戦いと局地的平和の交錯する時期が過ぎ、再び戦雲がヨーロッパの大地を広く覆い始めた今、たとえヴァイマル社交界の嘲笑を買おうとも、身辺を法律と慣習によってしっかり固めることが、愛人のため、庶出児で相続権を持たぬ息子のため、そして何よりも自分自身の安寧のために欠かせないことを、彼は知っていた。

しかし「酒中にこそ真実あり」と歌うあの戯れ歌は、制度に身をゆだねて安全を確保することは制度に身の自由を売り渡すことでもあると、警告してはいなかっただろうか。ゲーテはもとより結婚によって自分の自由を捨てるつもりはない。だが、彼が何を思おうとも、制度は自らの力を発揮する。如何に陰口を利かれようともクリスティアーネは今やヴァイマル宮廷社会における枢密顧問官夫人なのである。ゲーテにはもはや人生の美酒を「底の底まで飲み干す」ことは許されない。

クリスティアーネ・フォン・ゲーテ。
生家姓ヴルピウス。1811年、46歳頃の肖像。
Goethe-Museum Düsseldorf.
Anton-und-Katharina-Kippenberg-Stiftung.

結婚はひとつの例に過ぎない。矛盾は、美酒を「底の底まで」飲み干すことを望みながら、同時に宮廷社会に自分の安全を託すところにあった。この頃、ゲーテの心のいちばん深いところで〈希望〉という言葉がほのかに光り始めたのだが、それはおそらく、更に深い闇のなかでひそかに発光する〈絶望〉の力を受けての反射光なのだった。
『ファウスト第Ⅰ部』を出版社コッタに渡したあと、一八〇七年から八年に掛けてゲーテは詩劇『パンドーラ』で、あの災いをもたらす不吉な古代神話の女を、人類に豊かな贈り物を約束する女へと変身させることを意図する。一度地上を訪れたパンドーラが天上に去ったあと、ひたすら愛する女の戻るのを待ち続けるエピメートイスは、二人の間に生まれたエルポーレ、即ち〈希望〉と名付けた娘と再会するのだが、しかしその再会は現実だったのか、それとも夢のなかの幻影だったのか。

エピメートイス（夢見つつ）　星々がひしめくように近づいてくる！／取り分けひとつの星が壮麗に輝いている！／それと連れ立ち優しく昇ってくる姿　あれは何だろう？／何と愛らしい頭を　あの星は飾り照らしていることだろうか？／近づいてくるあの姿には見覚えがある／しなやかに優しく可愛らしいあの姿には。／お前だね　エルポーレ？
エルポーレ（遠くから）　はい　お父さま！／あなたの額に涼しい風を送る私です。
エピメートイス　さあ来てくれ　もっと近くに！
エルポーレ　それは許されていないのです。
（中略）
エピメートイス　さあ来てくれ　私の腕に！

エルポーレ　捉えようもない私なのです。
エピメートイス　さあ　接吻をしてお呉れ！
エルポーレ（彼の頭上で）　この軽やかな唇で／お父さまの額に触れて　（遠ざかりつつ）　私は遠くへと去って行きます。
（中略）
エピメートイス　ならば約束してお呉れ！
エルポーレ　何をでしょうか？
エピメートイス　愛の仕合わせ　あのパンドーラが戻ってくることを。
エルポーレ　ありえぬことを約束するのが　私にはよく似合います。
エピメートイス　パンドーラは戻ってくるのだね？
エルポーレ　ええ　戻ってきますとも　必ず。
（観客に向かって）（中略）
心根よき貴方がたの望むこと　夢見ることを／拒むことなど　決してできない私です。
／善良な少女の私から返るのは／いつも必ず　ええ　そうです　の言葉だけ。私以外の霊《デーモン》たちはみな／不愉快な金切声を張り上げ／意地悪な喜びを隠しもせずに／無慈悲な否を叫び立てて　止めないのですが。
（„Pandora“）

『パンドーラ』は断片のまま中断し、エピメートイスの熱望にもかかわらず、天上に去ったパンドーラが地上に戻ることはなかった。不幸な彼を慰めるのは、ただ「ありえぬことを約束する」エルポーレ＝〈希望〉の囁きだけである。

『パンドーラ』断片を書いた翌年の一八〇九年、ゲーテは小説『親和力』を完成し、自分たちのなかにある自然の力によって互いに深く愛し合いながら、結婚という〈制度〉の持つ太古の力に阻まれて結びつくことのできない恋人たちの死の運命を描き出すが、そこでも〈希望〉という言葉は、さまざまに変奏されつつ、物語を進めて行く導きの糸となる。そしてこの小説の最後の一節は、彼ら恋人たちの地上の不幸のすべてを償う、エルポーレ＝〈希望〉のひそかな約束に他ならない。

「こうして、愛し合ったふたりは並んでやすらっている。平和が彼らの休息所の上に漂い、彼らに似た晴れやかな天使たちが丸天井からふたりを見下ろしている。そして、やがてまたふたりが一緒に目覚める時がくるならば、それは何という優しい瞬間になるであろうか」

そして、それを受けてW・ベンヤミンはその『〈親和力〉論』を次の言葉で結ぶ。

「ただ希望なきものたちのためにのみ、希望はわれわれに与えられている」

「われわれに」とベンヤミンは言う。だがそれも当然だろう。何故なら、本来自然存在でありながら同時に社会的存在でもあり、しかも死によって限界づけられているわれわれ人間は、みな等しく「希望なきものたち」であり、またそれ故にこそ「ありえぬことを約束する」〈希望〉に深く捉えられたものたちでもあるのだから。

〈希望〉はこのあと、晩年に至るまで、ゲーテの念頭を離れぬ言葉となる。人間の生の全過程を振り返る一八二六年の詩「始源の言葉。オルフェウスの秘詞」の最終節が〈希望〉と題されていることは、既に本書冒頭、「はじめに」で述べた通りである。そしてそこでは、その〈希望〉が羽ばたくときは、人間が永遠の彼方へ運び去られるときであるとも歌われている。

13　夢想と秩序
――「別離（『ソネット』のⅦ）」「皇妃の到来」――

一八〇九年、ゲーテは六十歳になった。われわれの言葉で言えば、還暦である。

五十代の始め、そしてシラーの死（一八〇五年）の前後、ゲーテは二度にわたってその死の誤報が世に流れるほどの重病に見舞われたし、その後も決して完全な健康を回復した訳ではなかった。後世の医学者たちの推察によると、この頃から高血圧、心筋不全、動脈硬化症の症状が現れ始めている。

「あれほどに輝かしい存在も、若いままでいつづける訳には行かないのは、残念なことです」

「かつての友人」の健康を気づかうシュタイン夫人は、イェーナ近郊の村で年甲斐もなくダンスに興じたゲーテが眩暈《めまい》におそわれて倒れたという話を息子に知らせ、そう記す（一八一〇年四月二十七日）。

だがゲーテは忍び寄る老化にあえて対抗するかのように、身体の不調から少し抜け出すと医者の忠告を平然と無視し、若い頃からの葡萄酒愛好とイタリアからの帰国以来の美食の習慣に戻って行った。それはもちろん老年期に足を踏み入れつつある人間にとっては無謀なことであり、そうした不摂生のせいでまた身体の不調に悩まされるという悪循環を繰り返してもいたらしい。が、自然の破壊的な力に屈しまいとするその無謀な意志こそが、知的分野においても、ゲーテの衰えを知らない活動を支えるものなのであった。

この一八〇九年という年、ゲーテは長編小説『親和力』を書き上げるとともに、自然学研究の分野での最大の作品『色彩論』の仕事を精力的に進め（『色彩論』の完成は翌一八一〇年）、更にまた自伝『詩と真実』の構想を立てつつあった。

さて、この時期のゲーテの心を騒がせていたのは、のちにロマン派の女流詩人として知られるようになるベッティーナ・ブレンターノの存在だったのだが、彼女との関係の処理に現れてくるのもまた、自然の破壊的な力に対抗しようとする彼の強烈な意志である。

ベッティーナがゲーテの前に初めて姿を現したのは、二年ほどさかのぼって、一八〇七年の四月のことだった。そのときベッティーナは、ゲーテにとってまったく未知の存在であった訳ではない。当時二十二歳のベッティーナは若いゲーテとも親交のあった前世紀の有名な女流作家ゾフィー・ラ・ロッシュの孫娘であり、またベッティーナの母はそのラ・ロッシュの娘で『若きヴェルテルの悩み』の女主人公ロッテの黒い瞳のモデルだとも言われたマクセ・ラ・ロッシュ、結婚してマクセ・ブレンターノとなった人であった。もはやはるか昔の話だが、ざっと三十五年前、美しいライン河畔、エーレンブライトシュタイン近くのゾフィー・ラ・ロッシュのサロンを訪ねた若いゲーテは、華奢で優雅な令嬢マクセにしばし心を奪われ、更にそののち、フランクフルトの名家ブレンターノ家では新進の青年作家ゲーテと新婚の若妻マクセとの友情が悶着の種になったとも伝えられている。（「4　華やかなる文壇登場と絶対的喪失の感覚」の六五頁以下参照）

それから長い年月が経った。ブレンターノ家の大勢の兄妹の一人として一七八五年に生まれたベッティーナは、不幸なことに幼くして両親を失い、そのあと修道院や祖母ゾフィー・ラ・ロッシュ、また姉の嫁いだサヴィニ家などを転々として育った。ベッティーナはそうした孤独で変転する生活のなかで、自分の亡母とつながるゲーテへの空想的で熱烈な愛を育み、当時フランクフルトでなお存命中だったゲーテの母を訪ねて、彼の子ども時代の思い出話などをせがむようになって行ったらしい。特に一八〇六年、親友カロリーネ・フォン・ギュンダローデが錯綜した不幸な恋愛に疲れ果てて自殺したあと、ベッティーナにとってゲーテの母は唯一の避難場所となった。そして一八〇七年、二十二歳のベッティーナは漸く訪れた機会を逃さずヴァイマルへの旅に出て、祖母ゾフィー・ラ・ロッシュの若き日の恋人であった老ヴィーラントに頼み込んで紹介状を貰い、それを手についにゲーテの前に現れたのだった。

やがてゲーテ死後の一八三五年、五十歳になったベッティーナは、自分がゲーテを熱愛した日々の記憶のために『ゲーテとある少女との往復書簡』と題する本を出版したが、そのなかでベッティーナはゲーテの母に宛てた手紙の一節という形を取って、この初めての訪問とその至福の時間を語っている。

「――すると扉が明き、あの方が荘重に真面目な眼差しで立ち、私をじっと見つめていました。私は手を差し伸べ――そして何も判らなくなってしまった私を、ゲーテが素早く胸へ抱き止めました。〈可哀そうな子、私がおどろかせたかね〉というのが、あの方の最初の言葉でした。その声は私の胸に浸み込みました。あの方は私を自分の部屋へ連れて行き、ご自分の前のソファに坐らせました。（中略）私はソファに坐ったまま、ひどく不安でした。私がお行儀よく坐っていられない子なのは、よくご存知ですよね。――ああ、お母さま、人間はこんな風に自分を飛び越えてしまうことができるものなのでしょうか？

突然私は、〈坐ったままではいられないんです〉と言って、立ち上がってしまい、〈さあ、楽になさい〉そうあの方が言い――そして私はあの方の首に縋り付いたのです。あの方は私を膝に乗せ、胸に抱き寄せました。静かに、ほんとうに静かに、時間が過ぎて行きました。それまで私は長い間、眠ることができずにいたのでした――。何年もの年月がただあの方に憧れて過ぎて行ったのでした――。私はあの方の胸で眠り込みました。そして眼が覚めたとき、新しい生活が始まっていたのでした」

この日、ベッティーナは数時間をゲーテの許に過ごした。そのあとベッティーナはゲーテへ、繰り返し長い手紙を書き送る。ゲーテもまたベッティーナほどではないにせよ、時折の親切な返事を忘れはしない。そして十一月のベッティーナの再訪のあと、十二月ゲーテは、ゲーテとの別離を嘆くベッティーナの手紙からモチーフを取って、一篇のソネットに仕上げ、ベッティーナに送った。ソネットとは、行も連も韻も正確に規定された厳密な詩形式で、どうにも翻訳不可能なのだが。

別離

幾千の口づけにも　なお飽き足らず
最後にはひとつの口づけで別れる他なく
厳しい別離の心痛む苦悩のあと
身を引き離してきた岸辺は

家々　山　丘　流れに飾られて
わが眼の届く限り　なお喜びの宝庫。
次第に青く霞みながらも　なお
明るい闇に浮かぶ眼の慰め。

やがて海原が眼差しを遮りしとき

熱き思い　わが胸に戻り
憤懣の心　失いしものをもとめ……。

その時　あたかも空に輝きが走りし如く
あたかも何も失わず　あたかも去りしものなく
わが享受せしもののすべて　今なお　わが手にあるが如く。

（„Abschied"）

だが、この技巧を凝らした恋の詩をベッティーナへの愛情の直接的な表白と考えるならば、それはあまりに早計だろう。この詩はのちに連作詩『ソネット（Sonette）』のⅦとなるが、イタリア起源のソネット詩形の煩瑣な形式を守って書かれた十七篇の連作恋愛詩集『ソネット』の対象は、もとよりベッティーナと特定される訳ではなく、またよく言われる十八歳のミンヒェン・ヘルツリープでもないだろう。それはむしろ当時流行のソネットという形式に五十代の半ばを越えて初めて挑んだ詩人の、年齢に囚われぬ若々しい文学的実験であり、そして更に言うなら、その文学的実験の後ろに透けて見えてくるのは、老いを意識し始めた人間を捉える恋の激情一般を詩の厳格な形式のなかに呪縛する試み――一方でわが恋を官能の悦びとともに確かめながら、他方でその凶暴な力を自分の支配下に押さえ込もうとする試みなのである。

この頃、六十歳を前にしたゲーテの身の回りには、ベッティーナやミンヒェンの他にも、何人ものお気に入りの少女たち、ないしは若い女たちの影が常に交錯する。高齢の有名人に気を許して慣れ親しむ彼女らへ宛てたゲーテの手紙には、時折ほとんど露《あらわ》な恋の告白とも取れる表現がちりばめられているが、しかしそれは特定の個人に宛てられた愛情というより、むしろ若い生命のはなやぎへ向けられた信仰告白だったのだろう。ゲーテは自分の生命の働きを確認するために、彼女たちの若々しい生命を必要としていた。そしてベッティーナもゲーテにとって差し当たりはそれらの少女たち、若い女たちのひとりであるに過ぎなかった。

さきほど引用した、ベッティーナがゲーテに初めて会った日の、あの至福のひとときも、どこまでが本当の事実だったのだろうか。『ゲーテとある少女との往復書簡』は、ベッティーナの熱烈な思いと憧憬に充ちた回顧から生まれたさまざまな幻影に充ちみちている。実際の訪問の直後にロマン派の詩人であり最愛の兄であるクレメンス・ブレンターノに宛てて書いた手紙が残っているが、そのいわば第一次資料はゲーテとの出会いについて詳細に語りながら、あの陶酔の一瞬についてはそれを匂わすこともしていない。そこでのゲーテは、若き日の自分につながる少女を書斎に落ち着かせると、自分もその前に椅子を置き、膝と膝を突き合わせるように坐りはするが、しかしいつもながらの年長者の余裕を失うことはない。彼は熱狂的に語り続ける少女のお喋りに愛想よく耳を傾け、それに上機嫌に応えている。

だが、しかし、本当にそうだったのだろうか。ゲーテにとってベッティーナもまた、老いに近づいて行く自分の周りを取り巻いている、あの宮廷風で平凡で、愛らしいが少し退屈な少女たち、若い女たちのひとりだったのだろうか。

ゲーテが――女の魅力と危険にあれほど敏感だったゲーテが――孤独に育ったこの少女、それでいてどこか甘やかされているこの少女、いや既に若い女でありながら少女としか見えず、自分でも少女だと思い込んでいるこのベッティーナのなかにある危険と魅惑に気付かないまま、それをやり過ごしてしまうなどということがありえただろうか。

はじめての訪問から二年後の一八〇九年、ベッティーナはあの『親和力』を読んで、ゲーテに書き送る。

「天上に達するために肉体が捨てさられねばならないと考えるのは、誤りなのでしょう」

そしてまた、

「あのヴィーナス（女主人公オッティーリエ）はあなたの波打ち騒ぐ激情の海から生まれたのです」とも。

ベッティーナが見つけたのは、作者が自分にさえ隠しておいた秘密である。純粋な愛情に身も心も捧げる少女の無私の諦念を描いたと見える小説のなかに、これほど明らかに生と性の欲望の秘密が隠されていることを言い当てた若い女が、当の作者にとって深い関心の対象にならずに済むだろうか。

ベッティーナが書き残したあの最初の出会いの至福の時間にいま一度戻るならば、それはおそ

ベッティーナ・ブレンターノ。1809年、23歳頃の肖像。

らく事実ではなかった。だがそのベッティーナが描いた陶酔の夢は、実はゲーテ自身のなかに深く秘められていた夢想でもあったのではないだろうか。かつて若い自分が恋に似た気持ちを持った女――その女の娘が、あたかも過ぎ去った時間を甦らすかのように自分の前に坐っている。何故その娘を、いやその娘のなかのかつて恋した女を、いや恋と欲望をもって見たすべての女たちを、いま時間を越え空間を越えて、この自分の膝に乗せ、自分の胸に抱き寄せては、何故いけないのだろうか……。

ベッティーナが幻想したのは、自分の前に愛想よく坐る老宮廷人ゲーテの存在の内奥に潜む深い夢想と欲望であり、その意味で、それこそが事実非事実を越えた、深い真実だったに違いない。

ベッティーナはゲーテに自分の幻想を語った訳ではない。ゲーテが死に、ベッティーナが自分の幻想を『ゲーテとある少女との往復書簡』に書きつけるのには、まだ三十年に近い年月と自分のなかでの密かな反芻《はんすう》が必要である。だがゲーテはそれを予感するかのように、ベッティーナの危険な魅惑に引き付けられて行く。ゲーテの手紙が心の秘密を洩らし始める。「あなたから手紙を貰うと、とても嬉しい。それはいつも昔のことを思い出させてくれる。その頃の私はことによると、今のあなたに負けないくらい馬鹿だったのだけど、今より仕合わせで善良だったことも確かなのだ」（一八〇九年十一月三日）

そして更に、

「愛するベッティーナ、もう随分の間、手紙をもらってないけれども、あなたへ挨拶を送り、向こうへの便りを待っていると一言、言わずに、カールスバートへ出掛ける気にはなれない。あなたからもらった手紙はみな、いつも私と一緒に旅をしているのだよ」（一八一〇年五月十日。カールスバートは夏の保養地）

ベッティーナの「馬鹿な」手紙はゲーテに自分が仕合わせだった昔を思い出させ、ゲーテは次第にその記憶なしには過ごせなくなりだしている。

だが、しかし、その仕合わせだった昔とは、いったい何なのか。「今のあなたに負けないくらい馬鹿だった」時代――それは事実非事実を超えた心の内奥の真実が、その破壊的な力で自分の存在を脅かしていた、あの青春の危機の時代のことではないのか。

ゲーテはもとよりその危険を知っている。かつては若ければこそ、その危機からも辛うじて脱出できた。しかし還暦を過ぎた今、もし噴出する内奥の真実に身を任せれば、それは確実に自分を崩壊させるだろう。

『ソネット』のXV、つまり十五篇だけから成る初出の形（一八一五）を締めくくるソネットで、賢明な少女がソネットの煩瑣な形式は恋の誠実な心情を冷やしてしまうのではないかと正当にも疑った時、詩人は鉱山の発破師を詩人の比喩とし、複雑な坑道を詩形式の比喩に用いて、答える。

（発破師がいくら煩瑣な形式の坑道を巡らせようとも）／だが火薬の力は人間の知恵にまさり／発破師はそれと気付く間もなく／すべての秘術ともども自ら空中へ飛散する。

『ソネット』においては発破師の危険は、それは危険だといま引用のソネット三行で巧みに歌って見せることによって、再びまたその詩形式のなかに閉じ込められた。だが現実には、祖母と母と娘の無時間的三重映しのなかに現れた危険な少女が、いくらソネット形式の厳格な壁のなかへ閉じ込めようとしても、執拗に生の快楽と魅惑を浸出させてくる。では詩人は、詩中の発破師のように、すべての詩的秘術とともに空中に飛散してしまわないためには、どうすればいいのか。答えはひとつ。火薬を遠ざける他ない。だが、どうやって、か。ゲーテは狡猾である。

一八一〇年八月、ゲーテはベーメンの夏の保養地テプリッツで三年振りにベッティーナと再会し、妻クリスティアーネに書く。

「扉が明いて、ご婦人が入ってきた。見るとベッティーナなのだ。……ベッティーナは前にもまして可愛らしく、感じよくなっていた」

　ベッティーナはこのとき、兄クレメンスの友人アヒム・アルニムから求愛されていることをゲーテに打ち明けたらしい。四日間の滞在を終えてベルリンへ去ったベッティーナを、婚約を予感したゲーテの手紙が追い掛ける。

「あなたの次の手紙は裏面の住所（ヴァイマルへの帰路に滞在するドレスデンの知人気付）に宛てて下さい。悪い予感と悲痛な思いです。どんな内容を読むことになるのか」

　ベッティーナはゲーテの予感通り、アルニムに承諾の返事を与える。そして翌一一年の夏の終わり、ベッティーナは新婚の夫とともに一ヵ月近くヴァイマルに滞在し、ゲーテに彼の母の足元に坐って聞いた幼年時代の挿話を語って聞かせる。ゲーテの母は三年前に死に、ゲーテは執筆中の自伝『詩と真実』のためにベッティーナの話を必要としていたのである。

　しかしゲーテとベッティーナの親密な関係も、それが最後となった。世の常識を無視して夫に近づく若い女の厚顔無恥を嫉妬する妻、枢密顧問官夫人クリスティアーネは、公開の場でベッティーナを侮辱し、ベッティーナもそれに反撃した。そしてゲーテはその突発事件を境に、わが家の扉をベッティーナに対して決定的かつ最終的に閉ざす。

　衆人環視の下で、いまは公式のゲーテ夫人たる妻と公然と争った女を家に入れる訳にはいかないのは、ヴァイマルの宮廷人として当然のことかも知れない。だがそれにしても、あまりに掌を返すようではないか。今までどれだけ妻の意志を尊重してきたゲーテだったというのだろうか。

そもそも自分の周囲の若い女たちに対し妻が決して心平らかではないことをよく知っていたゲーテが、何故、前年の夏、テプリッツでのベッティーナとの久しぶりの再会の際に、さっきも引用したような、わざわざその嫉妬をかき立てるような言葉を妻に書き送ったのか。それはほとんど、妻の嫉妬が現状を暴力的に変化させることを願っていたのではないかと疑わせる――その変化が危険な火薬への最後の一歩であれ、あるいは火薬の除去であれ。

しかし暴力的変化の結果は、火薬の除去以外ではありえなかった。『詩と真実』に必要な聞き取りは既に済んでいた。賢者ゲーテは危険を避け、秩序へと復帰する。「ご家庭の幸福」こそ大事なのだ。それはほとんど忘恩に似ているが、人生では忘恩なしに危険を回避することはできない。

前年一八一〇年の夏、ゲーテは保養地カールスバートでオーストリアの皇妃の到着を祝って一篇の祝典詩「皇妃の到来」を捧げた。ただ秩序の価値を深く知るものだけが、革命の時代にあって旧秩序を代表する皇妃へ向けてこれほど完璧な祝典詩を、ためらいなく書くことができる。

またとない日を祝うために
みな身を飾り　花輪を結べよ！
土地に住むものにも　客人方にも

この谷間の町が　いつにも増して光り輝き
新しい春がその家並みに訪れ来るように。
男たちよ　女たちよ　娘たちよ　息子たちよ
用意せよ！　悦びの歌よ　地に響け！
この町のすべてのものが
高貴なる方の到来に花を添えよ。

（„Der Kaiserin Ankunft“ 第一連）

14 甦った平和のなかで

――『西東詩集』――

一八一二年九月のモスクワの大火は、一七八九年のフランス革命から始まった四半世紀にわたるヨーロッパの動乱期の、終わりの始まりだった。よく知られているように、ヨーロッパ大陸のほとんどを手中にしたナポレオンはこの年、残るロシアを従わせようと遠くモスクワまで攻め込んだが、自ら首都を焼き払って撤退したクトゥーゾフ将軍の焦土作戦に足をすくわれ、厳しい冬に破れて戦わずして敗走した。

だが、それが終わりの始まりであったとは、すべてが終わった後になってはじめて判ったことである。そこに居合わせた人々にとっては、それはむしろ一八〇八年のエルフルト会議以来のドイツがナポレオン体制下で甘受した受動的平和期の終わりと、新しい戦乱の始まりとを意味していた。その戦いはナポレオンの没落ののち、近代の国民国家の観点から「諸国民の戦い」とも「解放戦争」とも呼ばれて聖化されることになるが、神聖ローマ帝国の帝国都市に生まれ、近世領邦国家の宮廷人として暮らし、今は暫定的平和を享受しているゲーテにとっては、それは無意味で危険な冒険としか思えなかった。

一八一二年十二月十四日の深夜、平服に身をやつしてパリを目指すナポレオンは、居合わせたフランスの外交官にゲーテへの挨拶をことづけてヴァイマルの町を通り過ぎる。四年前、欧州列強に加え中位領邦国家まで連なったエルフルト会議の際に、ナポレオンはゲーテを親しく引見し、その風貌に強い印象を受けたのだったが、その記憶が、いま不本意な旅の途上にあるこの世界歴史のデーモンの心を、なお一瞬かすめたのだろうか。

「夜の皇帝からのご挨拶は君の耳に届いたかね。君は天上と地獄の両者から色目を使われたという訳だ」

ヴァイマル公カール・アウグストが、古い友人兼臣下のゲーテに不躾《ぶしつけ》な学生風の言葉遣いで言ってくる。天上とは、前章末尾で触れたオーストリア皇妃マリア・ルドヴィカのことであり、地獄とはもちろん敗走するフランス皇帝のことである。カール・アウグストはナポレオン支配下のライン連邦に属する領邦国家ヴァイマルの領主として心ならずもモスクワへも兵を送ったのだが、いまその心は早くもドイツ解放へと、はやっている。

皇帝が過ぎたあと、フランス、そしてオーストリア、ロシアの軍隊が代わるがわる町を通り抜けて行く。ゲーテは主君の冒険主義を案じながら自伝『詩と真実』を書き続ける。一八一三年四月、ヴァイマルの混乱を避けて早々に夏の避暑地へ向かう道で立ち寄ったドレースデンでは、ナポレオンを追って兵を進めてきたロシア皇帝アレクサンドル一世とプロイセン王フリードリヒ＝

ヴィルヘルム三世を迎えるためのまばゆい照明が光り輝いていたが、しかし同じドレースデンが数ヵ月後には、反攻するフランスの皇帝に歓迎の意を表して同じ照明に輝くことになる。だが、神聖ローマ帝国の帝国郡市フランクフルトに生まれた近世人ゲーテにとっては、これら十九世紀の覇権を争うすべてはみな無意味な見世物に過ぎない。

大勢が決したのは、一八一三年十月のライプチヒの戦いである。不敗のナポレオンが連合軍に敗北する。だがゲーテはなおも口実を構えて、一人息子アウグストの熱望する対フランス義勇軍への応募を阻止する。意味のない冒険のために息子の命を危険に晒《さら》す訳には行かない。十二月、連合軍はライン河を渡り、翌一四年三月パリが陥落。四月九日、吉報はヴァイマルに達し、息子アウグストの心は鬱屈《うっくつ》する。が、ゲーテの日記はそっけない。

「パリ占領の知らせ。終日祝砲の音。（『イタリア紀行』の）口述、カールスバートからブレンナー峠の部分――」

「ゲーテには、私たちの今の感激をともにする気はないようです。彼のところでは政治を話題にしてはなりません。（中略）彼は新聞を読まないのです」

同じ月の半ばシュタイン夫人は、かつての日々若いゲーテの鍾愛《しょうあい》する少年だった息子フリッツに宛てて、そう書く。

ゲーテはもう日々の政治には関心がない。あるとすれば、それが自分の生活の安全にどう関係するか――ただ、その限りにおいてである。

それはもとより、世界歴史への無関心を意味するものではない。だが、世界歴史はゲーテにとって、宇宙に内在する生命力の時間的展開の相であって、人間的事象ではない。ゲーテはナポレオンに深い関心と驚嘆の念を寄せていた。だが、だからと言って、その没落を嘆きはしない。ナポレオンは、自然そのものである世界歴史が自らの内から生み出した巨大な現象、あえて言えば自然現象である。強大な嵐が大地の上を吹き荒れ、そして過ぎて行くとき、誰がその行く末に個人的同情を寄せるだろうか。

ともあれ戦争は終わり、平和が戻ってきた。それが大事なことなのだ。ゲーテは大きく安堵の息をつく。

一八一四年六月、ベルリンからの注文によって平和祝祭劇「エピメーニデスの目覚め」を書きながら、ゲーテはたまたま十四世紀ペルシャ（イラン）の詩人ハーフィズの『詩集』（ドイツ語訳）を手に取り、そこに展開されているオリエントの伸びやかな世界に魅惑され、触発される。そして、早くもその月のうちにハーフィズに応える詩が生まれ始めた。翌七月、ゲーテは戻ってきた平和を寿《ことほ》ぐかのように、子ども時代と青春期を過ごしたライン・マイン地方への久し振りの旅に出るが、そのときも『ハーフィズ詩集』を手元に忘れなかった。

七月から十月まで続いた凡そ三ヵ月の旅は、その夏に六十五歳の誕生日を迎えたゲーテに恵まれた翳《かげ》りなき至福の時間だった。懐かしいライン・マインの地を踏むのは、暫定的平和の続

聖ロフス礼拝堂とライン河風景

く一七九八年、スイスへの三度目の旅行の途上に今は亡き母の元で三週間を過ごして以来、十七年目にして初めてのことであり、遡《さかのぼ》ってマインツ攻防戦への参加から数えれば二十年、フランス戦役に従軍するヴァイマル公を追ってフランクフルトで落ち着かぬ二夜を過ごしてからは二十二年が経っていた。生地を訪ねるのもままならなかった長い動乱期のあとに漸く甦ってきた平和を享受しながら、ゲーテは生地フランクフルト、近傍のヴィースバーデン、マインツと旅して、新旧の知人たちとの交遊を楽しみ、更にライン河沿いの大小の町を訪ねて風光を愛でる。ナーエ川の合流する町ビンゲンでは西岸の聖ロフス礼拝堂の再建と十数年振りのドイツへの復帰を祝う祭に参加して敬虔な喜びを深く味わい、またボワスレ兄弟にハイデルベルクの自宅へ招かれて、彼らの中世ドイツ美術の蒐集《しゅうしゅう》に心を奪われる。そして、そうした至福の時間のなかで六十五歳の詩人の心と精神から、手元のドイツ語訳『ハーフィズ詩集』と競い合うかのように、のちに『西東詩集』（„West-östlicher Divan“）を形作ることになる詩の数々が止めどなく噴

出する。（巻末の「2．ゲーテ関連地図」参照）

秋にヴァイマルに戻っても、なお詩は生まれ続け、翌一八一五年五月、ライン・マイン地方への再度の旅に出るまでに既に百篇に近い。

『西東詩集』を本当に『西東詩集』とする「ズライカの書」の恋愛詩が生まれるには、まだその年の夏のマリアンネとの交歓を待たなければならない。十二の書を連ねる全体の構成も、まだ作られていない。だが、のちの『西東詩集』を形作る詩の半ば近くは、既に書かれたのである。それは甦った平和の大気を大きくゆっくりと呼吸したゲーテの、若やいだ心が生み出した万華鏡のように多彩な世界である。

「ゲーテはこの詩集で人を酔わせる生の享楽の、最良のものを詩行に書きとめた。それも、何と軽やかに、仕合わせに、囁くように、透明に――。どうすればドイツ語でこうしたことが可能なのだろうか」

あれほど鋭く軽やかにドイツ語を使いこなしたロマン派の詩人ハインリヒ・ハイネが、そう嘆《たん》じてみせた詩の響きに、われわれも以下暫く耳を傾け、その果てしない詩空間を旅するゲーテの跡を追ってみよう。と言っても勿論、翻訳でそれが可能な限りにおいて、だが――。

二十年を過ぎるに任せ
我が取り分だけを楽しんだ。

美しい年に年が重なり
幸福なバルメキーデの時代のようだった。
（„Zwanzig Jahre ließ ich gehen“）

アラブの支配下にありながら文化芸術が花開いた古代ペルシャ、ササン朝支配下のバルメキーデと呼ばれる時代に自らの動乱の二十年を重ね、そこでの自分の生を楽しげに振り返り肯定するこの詩句を、詩人は詩集冒頭の「うたびとの書」のモットーとする。それに続いて詩人が無数の詩をちりばめて作り上げる言語空間では、時空を越えてペルシャとドイツ、過去と現在とが自在に交錯し、浸透し合い、入れ替わる。オリエントの世界にまねびつつ、それと呼び合う世界を作り上げようとする老詩人の言葉は若々しい生命の力に充ち溢れ、そこを領するのは永遠の現在である。

だがそのとき、ただ永遠の現在を提示することだけが、ゲーテの関心事なのではない。ゲーテは戦乱の四半世紀、さまざまな風景を目にし、さまざまな危険を切り抜けてきた。『西東詩集』で彼は時代のなかの人々の営みの諸相を描き出し、そして何よりもその危機の時代の間の自分の立場を宣明しようともする。老詩人の言葉から立ち現れる生命に溢れる永遠の現在は、その立場宣明のための根拠でもあった。

ヘジラ

北　西　南は千々に砕けて
玉座ははじけ　帝国は震える。
いざ　逃れ出よう　純粋なる東方へ！
古き族長たちの息吹を胸に味わい
恋　酒　歌を楽しみつつ
青春の泉に浴して若返ろう。

あの清らかに正しき土地に身を置いて
人間の族《うから》々の生まれ出た
深き泉の底の底をば探ってみよう。
あの時代　人々はまだ神の教えを
地上の言葉で素直に受け取り
無駄に頭を悩ましはしなかった。

迫害を逃れ布教の地を移したマホメットのヘジラ（移住）に言葉を借りて、ゲーテは日々の政治から離脱した自己を朗らかに賞揚する。〈逃走〉が導きの言葉となり、詩人を空想のオリエントへと連れて行く。そこでは「信仰は伸びやかに　理性はつつましく／言葉は口伝故《くちづて》に／仮そめには語られない」。詩人は「羊飼いたちに混《ま》じって／オアシスで渇きを癒し／隊商とともに旅を行き／貴布　コーヒー　麝香《じゃこう》をひさぎ」、「酒場に　浴泉に／愛らしい女がヴェールを掲げ／巻き毛が揺れて龍涎《りゅうぜん》の香りが漂うとき／聖なるハーフィズよ　あなたを偲ぼう。／詩人の愛の囁きは／天女の心さえ融かすのだ」（„Hegire"）

そう詩人がハーフィズに語りかけるとき、その旧きオリエント世界に夢見られているのは、官能の全き肯定、永遠の現在である。そうした豊かな世界と比べたとき、現実の争乱のいかに無意味なことか。いくつもの玉座が揺らぎ、神聖ローマ帝国が崩壊し、ナポレオンが現れ、立ち去って行く間にも、幻想のオアシスに揺れる官能の濃い美しい影が消えることはない。

しかしそのとき、不思議なことが起こる。現実からの逃走を歌い重ねるうちに、詩人は遠い異国の風景と官能の陶酔を次第に越えて、更に果てしない空間へと踏み込んで行くのである。

どこにでもある火花だとは
思い誤ってもらうまい。
測りもできぬ遠くの地
星々の海原を巡り歩いて

身を失うこともなく
生まれ変わり 戻ってきた私なのだ。

老人の口から咲き出る詩の数々を訝《いぶか》しんで、その火を何処で拾ったのだと尋ねる世人に向かって、詩人は昂然とそう答え、遠い地方の風景をまず語る。

白い羊の群れの海が
波うつ丘を覆い尽くし
生真面目な表情の羊飼いたちは
旅するものに質素な食事を惜しまず分ける。
私の心を和ませた
静かで優しい人々。

恐怖に脅かされる
戦いの夜々には
耳と魂を貫いて響く
駱駝の重い叫び

御するものたちの
妄想と思い昂《たかぶ》り。

だが平和と戦乱の交錯するその風景の先へ進めば、そこには更に未見の土地が拡がる。

なおも進むほどに
なおも広々と天地は開け行き
そしてわれらが羈旅《きりょ》は　いま
ひとつの永遠に続く逃走と見えた。
砂漠の隊列の彼方にはただ青く
欺きの海の一筋。
（„Wo hast du das genommen?“）

現実を離れて幻想のオリエントを目指す旅は、やがてこうして永遠の逃走となり、その果てには蜃気楼《しんきろう》の欺きの海が一筋、青く光る。そしてなおも彼方へ歩み続けるとき、そこには次第に、もう異国の風物も見えぬ、ただ純粋な時空の空間が開き始める。

鞍《くら》の上の私を　押し止《とど》めてくれるな！

君らは小屋で　天幕《てんまく》で過ごしたまえ！
私は彼方を目指し　嬉しく馬を駆る
わが頭上には　ただ星々の輝き。
（„Freisinn“）

星々の輝く空間にひたすら馬を駆るとき、詩人の心を純粋な喜びが充たす。そこでは現実はもとより、幻想さえも、みな忘れ去られる。ただ存在する時空だけが真実なのだ。

わが享《う》けし土地の　美しさ　広さ　果てしなさ！
時こそがわが所有の地　時こそがわが耕やす畑。
（„Mein Erbteil wie herrlich, weit und breit“）

そして、いま見出された純粋な時空――もとよりそれは、すべて超越者の手にある。ここまで遙かに旅してきたものの誰が、そのことを疑うだろうか。

東方は神のもの！
西方は神のもの！

北と南の領域は
平和な御手《みて》の上に安らぐ。（„Talismane“）

東へ西へ、北へ南へ、果てもなく拡がる広大な時空が神の御手の上に安らぎ、ひとはひとりひとり、そのなかに自分の畑を見つけ、耕して生きる。そこには現実の錯綜《さくそう》する営みのすべてを越えた、永遠の調和が静かに光っている。
だがしかし、その永遠の調和にもかかわらず、「死すべきもの」である人間は、自らの現《うつ》し身をもって現実のなかに生きる。そのときひとは時空を貫く純粋性に果して耐えうるのか。あるいは、どうやってそれに耐えて行くのか。「うたびとの書」の最後から二番目に置かれる「至福の憧れ」は、口籠もりつつその暗い秘密に触れる。この詩が『西東詩集』中の最高の詩と言われるのも、故なきことではないだろう。

洩らすな　ただ賢者にのみ秘かに語れ！
世の人々は　すぐにも嘲け笑うだけなのだから。
私が褒め讃えるのは　生あるものが
炎の死に焦がれる姿。

お前を生み　お前が生殖に燃えもした
愛の夜の冷え行くとき
蠟燭《ろうそく》の炎は静かに輝き
見知らぬ戦慄がお前を襲う。

もはや暗闇の濃い影のなかに
お前は止《とど》まりはしない。
新しく迫る思いがお前を捉え
より高き交合へと引きさらう。

遠い距離にも怯《ひる》むことなく
魅せられ飛び立ち　引き寄せられて
ただ光を求め　ついにお前は
夜の蛾《が》よ　燃える炎に身を焼くのだ。

死して　生まれよ！
この一事をわが身に享《う》けぬ限り

お前はこの暗い地上にあって
こころ屈する余所者《よそもの》に過ぎない。

（„Selige Sehnsucht“）

もちろん、ゲーテは果して現実の生で、本当に炎の死に焦がれたのかと、改めて問いただすことは可能である。同時代人たちは彼の自己保存本能の強さを証言する。だがこの詩の持つ詩的真実は、用心深く、そして時にはあえて傲岸《ごうがん》に、日々の生を送る老宮廷人ゲーテの心の奥に、なお炎の死と転生への憧憬《どうけい》が潜んでいたこと、そしてそれが久し振りに訪れた平和のなかで口籠もる言葉となって洩れ出てきたことを、疑わせない。

ゲーテは生の深い秘密を漏らしたことを悔いるかのように、「至福の憧れ」のあとに短い、世と人への善意に満ちた四行詩を置いて、「うたびとの書」を閉じる。

葦《あし》の茎も世に役立たんと
生い育つ！
わがペンからも流れ出よ
愛《いと》しき言葉！

（„Tut ein Schilf sich doch hervor“）

15　一瞬の永遠
――「ズライカの書」――

詩を書くとは、そもそもどういう作業なのだろうか。

それは、自分の既に生きた現実の生を再現し、再確認することなのか。ないしは、そこから得られた世界認識の表白なのか。

あるいは、現実には生きることのできなかった生を、幻想ないしはひそかな悔恨のなかで仮に生きてみる代償的作業なのか。

それとも、詩人にとっては詩を書くという作業自体が、真実の生の内実なのだろうか。詩人は詩を書くという作業によって自分の真実の生を手にして行くのだろうか。

前章の終わり近くで引いた「至福の憧れ」の最終連、燃える炎に魅せられてわが身を焼く夜の蛾に託された数行を、繰り返し呟き読んでいると、そうした答えのない問いが浮かんでくる。

「死して　生まれよ！／この一事をわが身に享けぬ限り／お前はこの暗い地上にあって／こころ屈する余所者に過ぎない」

「死して　生まれよ！」死を通しての再生を呼び掛けるこの声は、地上に生きるものすべての心に深く食い込まずにはいない。だが、また、この地上に一度限りの生を生きるものの誰が、この呼び掛けにほんとうに従うことができるだろうか。再生を約束する死の想念がどれほど解放感に充ち溢れていようと、それはしょせん観念の上のことに過ぎない。現実の死のあとに再生はありえず、その限界は生物である人間の宿命である。

あるいは、蠟燭の炎に身を焼く夜の蛾はひとつの比喩、ひとつの象徴であって、そこに人間の生物的生命の一回性を持ち出すのは、あまりに即物的だと論難されるかも知れない。だが、仮にいまそれを象徴的死、硬直した自我の死と把握し直したとしても、ゲーテ自身、自分の過去の自我を死と解体にゆだね切り、それを通して真実の再生に出会った経験がほんとうにあったのだろうか。

「死して、生まれる」という希有の幸せをその身に享けたことが、ゲーテはほんとうにあったのだろうか。

それとも、その再生の幸せに心底から憧れ、「死して　生まれよ！」との詩句を呟きつつも、しかし現実には自分の自我に執着し、この地上の「こころ屈する余所者」として夜半蠟燭の炎の揺らぐ仕事部屋にひとり坐り、暗い視線を宙に彷徨《さまよ》わせて、ひそかな悔恨を重ねていたのだろうか。

いや、われわれはこの詩の題名を見落してはならないのだろう。一八一四年の仕合わせな夏、ライン河マイン河の合流点近くの保養地ヴィースバーデンで書かれたこの詩は、「至福の憧れ」というタイトルを持っている。つまり、憧れの対象に到達しえなくとも、憧れを持つこと自体が既に至福なのだ。炎の死を死ぬ夜の蛾の幻、そしてそこに触発される「死して　生まれよ！」との一行——そうした幻影と想念、死と再生への憧憬自体が、そのまま至福なのである。

そして更に言えば、もし憧れを持つこと自体が至福であるのなら、真実の憧れを持つとは、詩人にとって、既にしてその対象、炎の死による再生そのものに到達したことなのではあるまいか。ゲーテは再生の幸せを得たから詩を書いたのではない。詩を書くことで、再生の至福に与《あず》かった。その瞬間、詩人である彼の生の内実は「至福の憧れ」を記すことの他にはなかった。

では、翌一八一五年夏、フランクフルト近郊、マイン河畔のゲルバーミューレで再会したマリアンネ・ヴィレマーとともに夏の日々を楽しみながら、のちに『西東詩集』の「ズライカの書」となる数々の詩を書いていたときは、ゲーテの生の内実は現実にあったのか、詩作にこそあったのか。

前章でも述べたように一八一四年の夏、青年時代の思い出に満ちたライン・マイン地方の平和な旅を楽しむなかで、十四世紀ペルシャの詩人ハーフィズに触発されて、のびやかな詩の数々がつぎつぎに生まれて行った。そして晩秋、ヴァイマルに戻ったあとも、中東の文化と歴史と文学についての耽溺にも似た関心が続き、その間、詩の数も更に殖えつづけた。研究者は、その年のうちにできた詩の数を五十三と数える。そして翌一八一五年、夏を待ち切れないように再びライン・マイン地方を目指しての旅に出たゲーテが、五月末ヴィースバーデンの宿で連作詩集『ドイツ詩集』のためのメモを作ったとき、そこに記される収録予定のタイトルは百である。

マリアンネ・ヴィレマー

だが『ドイツ詩集』がそのまま完成することはなかった。その夏のライン・マイン地方再度の滞在のうちに新しい詩が更に生まれつづけて、『ドイツ詩集』のなかからそれに倍する規模の『西東詩集』が誕生する。

それはしかし、ただ収録される詩の数がふえただけではなかった。いま生まれつつある『西東詩集』は、もはや単なる個別詩の集積としての連作詩集ではない。『西東詩集』はそれぞれの主題を持つ十二の書、即ち十二の単独詩集から構成される〈詩集の詩集〉とも言うべきものになって行った。ゲーテはのちに卓越した人物における「繰り返される青春」に言及したことがあるが（エッカーマン『ゲーテとの対話』一八二八年三月十一日）、甦った平和のなかでその「繰り返される青春」を経験した六十六歳のゲーテは、若やいだ透明な目で広い世界と宇宙の諸相を伸びやかに眺め渡し、その広大な空間の座標系を「うたびとの書」から「天国の書」に至る十二の書で作ってみせた。

そしてそれら十二の書のひとつ、その夏ゲルバーミューレでのマリアンネ・ヴィレマーとの出会いから生まれた「ズライカの書」は、老いを前にしたゲーテの広大な宇宙座標系に描かれた美しい双曲線となったのである。
それは双曲線であってみれば、そこで出会うズライカとハーテムのふたりの恋人たちは、無限に近づきつつも、やがてまた無限に遠ざかって行く他はない。だが、その運命を詩人がわが身に強いるのは、まだ暫く先のことである。恋するものにとっては——たとえそれが老人であっても、いや老人であればこそなお——恋の相手と過ごす一瞬は、既にしてひとつの永遠である。

ズライカの歌う。

先日　舟遊びの折でした。
貴方《あなた》から頂いた　あの金の指輪が指から抜けて
ユーフラテスの河底深く
沈んで行ってしまいました——。

そういう夢を見たのです。目覚めた私は
樹々から洩れる朝の光に眼を射られておりました。
言って下さい　詩人よ　予言する人よ！

この夢は何を意味しているのでしょう?

ハーテムの歌う。
その夢ならば喜んで解き明かしもいたしましょう!
貴女《あなた》にいつもお話ししなかったでしょうか
ヴェネチアの総督が海と婚姻を取り結ぶ
その折の習わしを?

貴女の指からユーフラテスに指輪が落ちたのも
同じ婚姻の儀式なのです。
ああ　貴女の美しい夢は私の心を駆り立てて
数限りなく天上の歌を歌いつづけさせます!

インドスタンの国々を越え
はるかダマスクスへと歩を進め
新たに出会った隊商の列々とともに
紅海の岸まで旅してきたこの私——

マイン河畔ゲルバーミューレ、1815年頃。
Goethe-Museum Düsseldorf. Anton-und-Katharina-Kippenberg-Stiftung.

貴女はその私を貴女の大河に結び
その河畔の台地に　森に　結びつけたのです。
この地にあって　最後の口づけのその日まで
わが心は貴女のものであれ！
（„Als ich auf dem Euphrat schiffte“）

この詩に現れるユーフラテスの流れとその河畔の台地、森は、もとよりフランクフルト郊外、マイン河畔に位置する閑居ゲルバーミューレの風景であり、ズライカはそこの女主人マリアンネの仮の名前である。だが詩人の心においては、事柄はおそらく逆なのだろう。ヴァイマルから旅立ち、アイゼナハ、フルダを越えてヴィースバーデンに着き、いまゲルバーミューレに安らぐ詩人が自分の旅程を振り返るとき、彼の眼には中東の果てしない褐色の大地、ゆるやかに波打つ砂漠の丘陵、眼を喜ばす緑のオアシスが現れる。そのときゲルバーミューレは疑いもなくユーフラテス河畔の古き都であり、そこに坐るのは隊商とともに異国の街々を目指して旅路を辿り、遙か西欧の風習にさえ通じている大いなる旅行者ハーテムである自分、そして彼の心をこの美しい地に結びつける恋人ズライカである。いま時空の彼方に身を置く詩人にとっては、マリアンネとはこの世におけるズライカの仮の姿に過ぎない。

現身《うつしみ》のマリアンネ・ヴィレマーは当時三十歳。ゲーテの旧い知人、ヨーハン・ヤーコプ・ヴィレマーの妻だった。

ヨーハン・ヤーコプ・ヴィレマーはフランクフルトの成功した銀行家であり、文筆家としても芸術愛好家としてもその土地で名のある人だったが、残された手紙などから察するにかなり世間嫌いで不安定な内面も持つ、矛盾した人であったらしい。一八〇〇年、既に二度にわたって妻と死別していた四十歳の彼は、当時フランクフルトの舞台の駆け出し女優で踊り子でもあった十六歳のマリアンネ・ユングに気を引かれ、母を失った三人の娘たちのお相手という名目で、相当の代償金をその母親に払って手元に引き取った。

のちのロマン派の詩人で当時二十三歳の学生だったクレメンス・ブレンターノもその頃女優マリアンネに熱中していて、かなり悔しい思いをしたらしい。マリアンネに向かって、ヴィレマー家での立場のいかがわしさについて随分と露骨な言葉を言ったこともあるようである。

こうした経緯にブレンターノが非難したようないかがわしさがあっただろうことは容易に推察できるし、また十九世紀後半の市民社会とは違って近世の空気を濃厚に残していた当時のフランクフルトでは、それは隠蔽されるというより、むしろ半ば公然と認められる関係でもあったようだが、しかしまた繊細な内面を持つヴィレマーは自分の望む関係を金ずく、力ずくで強要するということでもなかったようである。だが、それでも事柄は自ずとその道を辿って行って、マリアンネはやがて、当時の言い方に従えばヴィレマーの〈小さな同伴者〉となった。マリアンネはヴィレマー家において長らく、ゲーテ家におけるクリスティアーネに似た立場にあったのである。

ゲーテがマリアンネと初めて会ったのは一八一四年の八月始め、ヴィレマーが敬愛する郷土の先輩ゲーテをヴィースバーデンの宿にマリアンネ同伴で訪ねてきたときだが、そのとき彼女はまだ〈小さな同伴者〉ユング嬢だった。九月にはヴィレマーの夏の別荘ゲルバーミューレでも顔を合わせる。そして同じ月の終わり、ヴィレマーはマリアンネと結婚する。

長年の不透明な間柄のあとの、この突然の結婚については、ヴィレマーがゲーテとマリアンネの接近を警戒したためだとする憶測もあるのだが、事態はむしろ逆で、ヴィレマーがクリスティアーネとの間に同じ様な経験を持つゲーテに忠告を求め、その助言に従ったようである。

一八一四年の夏、甦った平和のなか、「繰り返される青春」の至福の予感のなかにあったゲーテは、悩む年下の友人の相談にも翳《かげ》りのない答を返したに違いない。

「昼間、ゲーテとともにゲルバーミューレ。何という一日！　そして何という感情が私を感動させることか！」ヴィレマーの先妻との間の娘ロゼッテ・シュテーデルは、父親やマリアンネ、そしてゲーテとともに過ごしたゲルバーミューレでの夏の一日の記憶を、そう日記に書き留めた。

「ゲーテの愛すべき、どんな印象にも開かれている心情。あの感情の鋭敏さ、それでいながらあの威厳ある平静さ。すべての自然が、一本の草、ひとつの色、音、言葉、眼差しさえもが、彼に語りかけ、彼の魂のなかで感情となり形象となる。そして、それを彼は何と生き生きと再現してみせることか！」

ロゼッテの描く老ゲーテのこうした様子が、マリアンネにも深い印象を与えたことは確かである。マリアンネはゲーテに「ちいさい人」と呼ばれたときの嬉しさを、のちのちまで忘れない。

やがて十月十八日、平和の先駆けとなったライプチヒ会戦の勝利から一周年のその日、ゲーテはヴィレマー夫妻とともにヴィレマー家所有の葡萄山、フランクフルト近郊のミュールベルクを訪れ、祝賀のかがり火が燃え立つ周辺の山々の景観を心に刻む。そしてその翌々日、美しく飾られたフランクフルト市を後にしてヴァイマルへ旅立ち、一八一四年の夏は終わった。

再会は翌一八一五年の夏になる。その年ゲーテは早くも五月の下旬にヴァイマルを後にし、のちに「ズライカの書」に収められるいくつかの詩を書きはじめ、そこに現れる恋の相手は既にズライカと名付けられる。だがゲーテはライン・マイン地方の旅を続けながら、ヴィレマー夫妻の暮らすフランクフルトへはなかなか足を踏み入れようとしない。それはあたかも、そこで待つものが何であるかを知り、できようものならそれを避けたいと思っているかのようである。

八月の中旬、ゲーテは漸くヴィレマー夫妻をゲルバーミューレに訪ねる。そしてそれからの約一ヵ月のゲルバーミューレ滞在、更に九月下旬ハイデルベルクに去ったゲーテをヴィレマー夫妻が追ってきた四日間が、老いを目前にしてなお若々しさを失わぬ詩人と若い現身《うつしみ》を生きるマリアンネにとってひとつの永遠に等しい時間となった。

ズライカの歌う。
細い糸のように吹き上がる
楽しげな噴水の縁に立ち
去り難いのは何故なのか　判らぬ私なのでした。
でも　その水の遊びにあなたの筆跡で
ひそやかに私の頭文字が描かれているのを見つけ
あなたを思い　顔を伏せる私でした。

糸杉の樹々が立ち並ぶ道を行き
疎水《そすい》の尽きるここに立ち
はるかに高く見上げると
優しい線の暗号文字が　また私へと呼びかけます——
いつまでもいつまでも　わがものであって欲しい！　と。

ハーテムの歌う。
吹き上がる噴水が　空高く揺れる糸杉の梢が

あなたに告げてくれますように――
並木の道を往くときも戻るときも
わが思いはズライカからズライカへと行き来するのみと。
（„An des lust' gen Brunnens Rand“）

仕合わせな恋の思いは、止《とど》まることのない噴水にも糸杉を吹き過ぎる風にも、その秘密を書きとめずにはいないのである。若いズライカの心の想いを詩に書き留める老ゲーテの筆は、性を越え、年齢を越えて華やぐ。

ゲーテとマリアンネがこうして至福の時間を過ごしていた間、ほとんどいつもその傍《かたわ》らにヴィレマーがいたはずだが、彼が若い妻の恋を妨げた様子はない。成功者でありながら内面に憂鬱《ゆううつ》を抱え込んでいたヴィレマーは、マリアンネが自分の傍らで決して完全には幸福でないこと、それが日頃からの妻の心身の不調に無関係ではないことを感じていたらしい。そして彼自身、そのことに深く悩んでいた気配がある。彼にとって妻の幸せな恋はむしろ救いであったのかも知れない。

だが、人間に許された永遠は一瞬のうちに過ぎ去る。それは他者の介在する、しないに関わらない。ゲーテはそのことを知っていた。この年の秋に別れたふたりは、二度と再び会うことがない。翌一八一六年、ゲーテの妻クリスティアーネが持病の再発で、数日の短く激しい苦しみのあと世を去ったとき、三人の間には微妙な手紙の遣り取りがあった。そのとき、ヴィレマーがゲーテにマリアンネを譲る申し出をし、ゲーテはそれを回避したのだとも推察されている。

　十数年が経ち、一八三〇年夏、ゲーテから生涯を振り返る回想覚書『年代記録』の寄贈を受けた四十六歳のマリアンネは、はるかゲルバーミューレの地から八十歳を寸前にしたヴァイマルの老詩人へ礼状を送る。

「(『年代記録』を繰り返し読み直して) 私はライン・マイン河畔のあの日々を改めて生き直した思いです。けれども言わずにはいられません、あの日々の思い出は古い歌に似ていると。ただ数少ない人だけがその旋律を知っています。ほとんどの人々にとってのそれは、決して歌われることのない、言葉だけの歌詞です。そしてその美しい、心をゆさぶる旋律を知っている仕合わせな私には、わずかな言葉が思い出に充ちた天空を開いてくれるのです」(一八三〇年七月十八日)

16 明快な、あまりに明快な！

――「一にして全」ほか思想詩若干――

一八一五年、地中海のエルバ島を脱出してきたナポレオンをワーテルローで破り、今度こそは遠く南大西洋の孤島セント・ヘレナ島へと封じ込めて、四半世紀にわたったヨーロッパの戦争の季節は漸く終わったのだったが、それとともに今度は騒々しい政治の季節が始まった。革命と戦争、占領と改革の二十五年間にはフランスはもとより、ドイツの諸領邦国家に於いてさえそれなりの社会的変化が起きずにはいなかったが、ナポレオン敗退とウィーン会議以後、メッテルニヒと神聖同盟はその変化を無視して力ずくで古い支配秩序を復活させようとしていた。そこに生じた社会的現実と政治体制との間の食い違いがドイツとヨーロッパを不安定にしたのである。

だがゲーテは、そうした〈日々の政治〉にはもう関わろうとはしない。多少とも関わらざるをえない場合は、当然、秩序を優先する。そして政治的変動のなかでもまだ暫くは続いた近世ドイツの小宮廷の平和な日常を享受しているように見える。総じて一八一五年の平和復活からの数年間は、六十代後半、七十代始めのゲーテにとってほぼ平穏で壮健な年月が続いたと言えるようである。

もちろん、その間にはさまざまなことがあった。戦後処理の結果、崩壊した神聖ローマ帝国に代わるものとしてドイツ連邦が成立し、ヴァイマル公国もそれに所属しつつ、半独立的だった大学町イェーナなどを正式に併合して大公国となり、ヴァイマル公カール・アウグストは大公に昇格していたが、六十歳を目前にしても彼の生一本な性格だけは変わっていなかった。解放戦争勝利後、ほとんどの諸侯たちが前言を翻《ひるがえ》すなかで、大公ひとりは戦争中の約束を生真面目に守って憲法を制定し、また愛国主義的な学生組合の祝祭に領内のヴァルトブルクの古城を貸すなどして、ウィーン会議後のヨーロッパの秩序を監視する神聖同盟の構成メンバー、オーストリア、プロイセン、ロシア等の強大国から注意人物と見なされるようになる。そして一八一九年、今は正式に領内となったイェーナ大学の学生ザントがロシアのスパイと目された劇作家コッツェブーを刺殺するという事件が起きて、ドイツ連邦主要国会議が大学監督法を議決し、当のイェーナ大学にも監督官を置かざるをえなくなったとき、大公は古い友人ゲーテをその職に指名しようとしたのだが、ゲーテはそれをそっけなく断ってしまう。

そこに至るまでの長年の経緯を考えてみると、ゲーテのこの行動には、ここでも多少、忘恩の匂い、とまでは言わないとしても、かなり不義理の気配がある。

ゲーテが領主カール・アウグストにも断らずに出かけてしまったイタリアでの二年間の滞在費用が、寛大に支払われ続けた大臣の俸給で賄われていたことは既に述べたと思うが、そのイタリアから帰ってきて通常の政務から身を引くことを強く希望したとき、カール・アウグストは大臣という肩書だけを残してそれを認め、学術文化関連の仕事を彼に委任して、今まで通りの報酬を払い続けた。ヴァイマルが大公国に昇格し正式の内閣を構成した際にも、大公カール・アウグストはゲーテに国務大臣（上級大臣）の肩書を与え、学芸関係担当の名目の下にヴァイマルで最高額の報酬を払うように処置している。更に言えば、自然学など自分の研究に関連してもゲーテとイェーナ大学との関わりは長く深い。イェーナはある時期、ほとんどゲーテの第二の居住地だった。

そうした状況を考えてみれば、大学運営の日々の実務にはもう携わっていなかったとは言え、また自由主義に傾き勝ちな大公の方針に疑義を懐いていたとは言え、そして更に言えば、問題の発端となった人気作家コッツェブーとはヴァイマルに来た当時からあれこれの経緯《いきさつ》があったとは言え、それはそれ、これはこれ、いま長年の親友でもある大公が苦境に立ったときにイェーナ大学監督官就任を依頼されて、それを簡単に断れる立場でゲーテはなかったような気が、私などはする。そして、それを敢えて平然と断ったゲーテという人間のエゴイズムの深さに感嘆するのである。

もっとも、ことによったら、それは私のまったくの思い違いなのかも知れない。つまりそれは、近世の宮廷における仕事、報酬、責任、ついでに言えば遊び、といった事柄が、近代社会の常識とはまったく違う連関のなかで動いていたことを意味しているのかも知れない。

ともあれ、ゲーテは大公の指名を断って、私生活のなかへ引き下がる。

ゲーテと大公の間には、ヴァイマル劇場の運営を巡っても食い違いが生じていた。当時、大公はヴァイマル劇場の人気女優カロリーネ・ヤーゲマンを長年の愛人としていて、彼女に騎士領とフォン・ハイゲンドルフ夫人の称号を与えていたが、一八一七年にそのフォン・ハイゲンドルフ夫人が、劇場監督の地位にあったゲーテの反対を知りつつ、舞台で犬が活躍するロマンチック・コメディの上演を強行してしまうという事件が起き、その結果、ゲーテは一七九一年の宮廷劇場開設以来続けていた監督の職務を辞めることになったのである。

ゲーテが劇場監督だった当時のヴァイマル劇場。
Goethe-Museum Düsseldorf. Anton-und-Katharina-Kippenberg-Stiftung.

辞めた経緯《けいい》の詳細は必ずしも明らかではない。大公の愛人フォン・ハイゲンドルフ夫人ことヤーゲマン嬢とゲーテとの劇場における確執《かくしつ》は古く、既に一八〇八年にもそのことを巡ってゲーテが辞意を表明したことがあったが、そのときには大公妃（正確にはまだ公妃）ルイーゼの仲介によって事態が収拾されるという微妙な結末になったようである。ヤーゲマン嬢からすれば、自分の愛人の正妻が憎いゲーテの肩を持ったということである。当の一八一七年の始めにも、ゲーテは同じヤーゲマン嬢との衝突から辞意を表明して大公に慰留されている。問題の犬の登場は四月、ゲーテのイェーナ滞在中のことだったが、おそらくは上演の知らせを受けたゲーテが憤懣のあまり、もう辞めたいとでも内輪で口走ったのではないだろうか。それを伝え聞いた大公がゲーテの辞意を受け入れるという形で解任を決め、その旨をゲーテに通知したが、ゲーテのほうはそれを罷免《ひめん》と受け取ったというのが、ほぼ真相のようである。

ふつうこの事件は、大公の愛人がゲーテを相手に自分の我が儘を押し通したという風に解釈されている。更に言えば、偉大なるゲーテといえども近世宮廷においては結局は一廷臣に過ぎなかったということの、動かぬ証拠に挙げられることもあるようである。もちろん現象的にはその通りなのだが、問題の根はおそらく別のところにあった。

ゲーテは若い頃から芝居には深い関心を持ち、この時期になっても俳優の訓練や演出に直接関与していた。だがゲーテの劇場での側近と見なされていた俳優兼演出家ゲナーストの回想によっても、老ゲーテの演出と演劇観が擬古典主義的な規則と形式偏重に、あまりに傾き過ぎていた様子が見て取れる。更に悪いことには、若い俳優たちにとってゲーテはあまりに偉すぎて、その口やかましい演出に異議を申し立てるどころか、そこにいられるだけで演技が萎縮《いしゅく》してしまうような存在になっていたのである。

ある稽古のとき演出者の椅子に坐ったゲーテが、珍しく何の叱責の言葉も発しなかったので、演技を終えた俳優たちがほっと安堵の息をつき、舞台から下りて近づいてみると、老ゲーテは椅子の上で深く眠り込んでいたというエピソードが伝えられている。

大公は旧友に対する事実上の罷免という自分の処置がデリカシーに欠けていたことを直ぐに悟って、自分から和解の手をさしのべたらしい。もちろんゲーテとて、その手を拒否しはしなかった。だが、もっとも影響力の強い観客であった宮廷の女官たちからも、また犬と共演した当の俳優たちからも、ゲーテ解任への抗議の声、ゲーテ復帰への希望の声はまったく上がらなかった。ゲーテの劇場監督辞任は既定の事実となった。

「すべて物事には、その季節あり」と、ドイツの俚言《りげん》にも言う。ゲーテの演劇観は時代の嗜好《しこう》から完全にずれていた。ヤーゲマンは同時代の証言によれば、大公との関係はともあれ確かに才能ある女優であったようだが、彼女の回想ものちに匂わすように、いまやゲーテにとって芝居の現場から身を引くべき時が来ていたのである。

ゲーテにも、そのことはよく判っていた。芝居の現場からだけではない。人生の現場から身を引くべき時期が、そろそろ近づいていたのだった。

一八一六年には妻クリスティアーネが死んだ。享年五十一歳。近年、病気勝ちだったから必ずしも思いがけぬ死とは言えなかったが、それにしても十六歳年上の夫からすれば、人生の予定の外のことであっただろう。

「妻の死が迫る。その生命の最後の恐ろしい戦い。昼近く、死去。わが内、外に空虚、死の静けさ」

そう日記に記したゲーテは、更に妻を弔う一篇の詩を書きつける。

「おお　太陽よ　無駄な試みを止めよ／汝の輝きといえども　この暗く重い雲を貫くことはできない！／残されし人生にわれのなすことは／ただ失いしものを嘆くことのみ」

この詩は、身分違いの妻への愛情の深さを示すものとしてしばしば引用されてもきたし、また時には逆に、そのやや大袈裟で定式的な言い回しの故に、クリスティアーネの死を内的にはいわば素通りしてしまったゲーテの、形式ばった冷淡さを示すものとも解釈される。そのどちらが妥当かは読者の判断に委ねたいが、ただ、四半世紀をともに暮らした妻の死もまた、他のさまざまな事柄と相まって、六十代後半のゲーテに残された自分の生の短さを思い出させなかったはずはない。

この時期のゲーテの文学上の仕事の中心は自伝類である。既に数年前からゲーテは青年期の自伝『詩と真実』を第三部まで書き進め、最終の第四部の執筆を残したまま順次出版していたが、更にヴァイマル前期の終わりを区切る『イタリア紀行』の編纂《へんさん》が始まり、一八二〇年からは生涯のなかで、外的にも内的にももっとも深い危機にあった第一次対仏同盟戦争の時期を振り返る『フランス戦役』『マインツ包囲』二部作の執筆が始まる。それらの仕事を貫いているのは、死の接近を意識する人間が過去の自分と自分の生きた世界を形あるものとして定着し、後世へ遺《のこ》そうとする強い意志である。

それは必ずしも、自己の生をあるがままに振り返ろうというものではない。そこにあるのは、むしろ造形と自己宣明《じこせんめい》への意志である。例えば危機の時代を振り返って描く対仏戦役二部作を当時の事実とつき合せて詳細に検討するものは、そこに描き出された壮年のゲーテ像が決して現実のものではなく、老ゲーテが自らのために刻み上げた彫像であることを知るだろう。しかし、だからこそ、それは彼にとって、どうしても形造って置かなければならないものなのだった。

この時期のゲーテは、自分の見た世界はこういうものだ、自分はそのなかでこう生きたという、いわば生の最終収支決算書を、しきりに作ろうとしているようにみえる。

それでも自伝類においては、ゲーテはしばしば重層的で多義的な言葉遣いのなかに自分で作った決算書に対する微妙な留保も刻み込むのだが、それに対し『ヴィルヘルム・マイスターの遍歴時代＝第一部』は何の留保もない明確で即物的な文体で語られ、内容的にも、演劇青年の人間的成長を描くことを目指した『修業時代』から、いともそっけなく切断される（『遍歴時代＝第一部』完成一八二一年。但しこの『第一部』は後に改稿され、『遍歴時代』最終稿に、その部分として吸収される）。そこでゲーテが提出しようとするのは、歴史と社会についての明快な、ことによったらあまりに明快な決算書である。

そうした『遍歴時代＝第一部』が、更に宏大な宇宙からの深い視線を得て、凡《およ》そ人間の眼には見通し難い重層的世界になって行くには、まだ、あと十年ばかりの時間が必要だった。

この時期、ゲーテが最終決算書の作成を目指したのは、自分の過去や歴史、社会についてばかりではない。更に、自分にとってもっとも根元的なカテゴリーである自然と生命についてさえも、同じように明快な見取図を作成する。そしてそれは、いわゆる〈思想詩〉に託された。たとえばギリシャ喜劇の術語をタイトルに援用した連作詩三つを読んでみよう。成立は一八一八年から二〇年にかけてと推定されている。

パラバーゼ（人々への語りかけ）

こころ楽しかりし　遠き昔の日々
思いの求めるまま　たゆむことなく
創造の業のなかに自然の生命《いのち》の働くさまを
私は究《きわ》め　知って行ったのだった。
現れる姿は　ものさまざま
大いなるものが小さきものに隠れ　小なるものが大を孕《はら》み
みなそれぞれの好きに従いつつ
だが　すべては永遠に一なるもの。
たえまなく姿を変じ　なお自己に止《とど》まり

近く遠く　遠く近く
形を造り　形を変じる――
われはただ驚きに立ち尽くすのみ。

（„Parabase"）

この第一の詩でゲーテは、若かった自分が自然学研究で見出した自然と生命の驚異の様相を明快に語る。たえまなく姿を変えるが、しかしいつも自己そのものに止まる一者――。それこそが自然の真の姿である。

自然の変化の様相は、一見捉え難く思われるかも知れない。だが人間がその驚異の前に素直に立ち、一と全、内面と外界、個別と多様等々の、既成の対立観念に一切捉われない自由な心を持ってそれを見るならば、真実の相は自ずと目に明らかに映ってくる。連作第二の詩は、そのことを説く。

エピレマ（再びの語りかけ）

自然を観察するにあたっては
ひとつのものに心を傾け　かつすべてのものに注意を向けよ。

内に在ると言えるものもなく　外に在ると言えるものもない
と言うのも　内に在るものは外に在るもの。
だからためらうことなく摑むのだ
神聖にして顕《あらわ》れたる秘密を。

真実なる仮の姿を楽しみ
真面目な戯れに心を喜ばせよ。
生命あるものは個別に閉じ籠もらない
それはいつも多様に自分を顕《あらわ》す。

（„Epirrhema“）

「顕《あらわ》れたる秘密」は、深い秘密でありながら素直に向かい合う心には自ずとその姿を現す。前半の六行に対し後半の四行は、一種の反歌のように同じことをやや軽い口調で、やや具体的に歌っている。それは日々の日常のことであり、また大きな宇宙のことでもある。続く三連詩の最後「アンテピレマ」では、日常の背後にある大きな宇宙の構造が述べられる。そこで言う「織女」とは時間、「永遠の巨匠」とは超越者のことなのであろうか。

アンテピレマ（語りかけ三たび）

謙遜なる眼差しで
永遠なる織女の傑作を見よ。
足をひとたび踏めば千の糸が動き
左へ右へ杼《ひ》が飛び
糸と糸とが出会い流れる。
ひとたび筬《おさ》を打てば千の織り目が詰められる。
織女はそれを物乞いして集めたのではない
彼女は経《たて》糸を太古の昔から機《はた》に張っていた
永遠の巨匠が緯《よこ》糸を
安んじて投げることができるようにと。

（„Antepirrhema"）

本書冒頭、「はじめに」に引用した「始源の言葉。オルフェウスの秘詞」はこれらの詩に一年、先立つものだが、そこにあった晦渋《かいじゅう》さはこの三連詩にはない。「織女」と「巨匠」が誰であろうと、ここに描かれる宇宙と時間の構造は読むものの心に鮮やかに浮かび上がる。
だが、それにしても、何故ここでは、すべてがこれほど明快なのか？

そう問うとき気付くのは、この三つの詩に観察者としての人間はいても、行為者としての人間は現れないことである。自らが世界に関わらないとき、世界が明澄な姿を崩すことはないのだ。あの冒頭で読んだ「始源の言葉。オルフェウスの秘詞」の最終節で永劫の彼方へと人を誘う〈希望〉の羽ばたきは、生涯を世界に関わり、そこでの〈必然〉の鎖に縛られ、自分の死を予感しつつ苦悩してきた人間にのみ聞こえてくる。ベンヤミンの言葉を借りれば、「ただ希望なきもののためにのみ」〈希望〉は羽ばたく。

いや、ことによったらゲーテはこの時期、そうした問題も解決済であると信じていたのかも知れない。やはり同時期の思想詩「一にして全」で、自己放棄の悦楽をゲーテは歌う。

一にして全

果てしなきもののうちに身を置くためならば
個別者は喜んで自分を消しもしよう。
そのとき心の憤懣のすべては解《ほど》けよう。
熱い願望と荒々しい欲求を離れ
煩《わずら》わしい要請と厳しい義務から逃れ
自らを捨てる　その悦楽——。

そもそも冒頭の二行で、個別者としての自分を消したあと、果てしなきもののうちに身を置くのはいったい誰なのだろう？　しかし詩人はこれに続く二つの連でも、世界精神との戦いという形で現象する個々の行為は、個別者が世界の心霊と合一するとき、自我の我執《がしゅう》から解き放たれて、永遠なるものへと合流すると高らかに歌い続ける。

そして、続く最終連の最後の四行。

止《とど》まると見えるのも　ただひとときの仮の姿に過ぎず
永遠なるものはすべてのうちで活動をつづける。
自らの現在のうちに止まろうとするものはすべて
無のなかへ崩落する定めなのだから。

（„Eins und Alles"）

個別者の行為もまた永遠なるものの活動の現れであり、現在に執着する個別者の我執は、無への崩落なのである。

だが、ほんとうにそう観じ切ることができるのだろうか。たとえ思想詩はそう明解に歌い切ろうとも、この地上において孤独な独行者である他ない人間、なかんずくゲーテ、が普遍の一者のなかに自己が溶解することを、ほんとうに〈悦楽〉(第一連最終行)として享受できたのだろうか。

これら老ゲーテの最終決算書は、ほんとうに最終的なものだったのだろうか。

ゲーテの老年期から晩年期を分かつ一八二三年という年が近づきつつある。

17　死の囁きと生命の震え

――「マリーエンバートの悲歌」――

前章にも述べたように、一八二〇年代初め七十歳を越えたゲーテは、自分の人生と自分が経験した世界の姿についての最終決算書を作ることに忙しかった。個に対する社会集団の優先権を明言する『ヴィルヘルム・マイスターの遍歴時代＝第一部』（二一年。二二一頁参照）。内的ためらいを押し切って完成させた危機の時代の自伝あるいは自己宣明《せんめい》としての『フランス戦役』『マインツ包囲』（二二年）。そして宇宙、自然、人間の自我が超越的秩序のなかに整然と配置される一連の思想詩――。

そうした作品のうちのあるものには微妙な揺らぎとそれ故の微妙な魅力、それでもなお昂然と自らの正当性を主張するものの美しさがあるが、しかしそれらを全体として眺めれば、そこに老ゲーテの自己固着の傾向、自己記念碑化への欲求が潜んでいることは否定しがたい。

それも、考えてみれば無理のないことかも知れない。『若きヴェルテルの悩み』初版（一七七四年）の出版社ライプチヒのヴァイガント書店は、その五十周年を記念する新版に著者の前書きを依頼してきている。ゲーテが『ゲッツ・フォン・ベルリヒンゲン』『若きヴェルテルの悩み』などで、今風に言えばドイツの文学シーンに颯爽《さっそう》とその姿を現してから、もう半世紀以上の年月が経っていた。『ヴィルヘルム・マイスターの遍歴時代』（決定稿）と『ファウスト第Ⅱ部』の二大作品が完成するにはまだ十年に近い年月が必要ではあるが、自分の人生をひとつの作品として彫《ちょう》琢《たく》し、後世に残そうと欲するには充分なほどの、長い波瀾に満ちた時間を彼は既に生きてきたのだった。

まさに自分の必要としているものが、まさにその必要な時点で目の前に現れてくるのも、ゲーテの人生の秘密のひとつである。そしてゲーテはそれを決して逃さない。それともわれわれ自身もまた、いつも必要なものを目の前にしていながら、ただそれをそれと気付かず、無駄に見過ごしているだけのことなのであろうか。ともあれ一八二三年の晩春、旅の途上にあったエッカーマンと名乗るひとりの青年が「文学への寄与——特にゲーテを中心に」という論文を手に現れたとき、ゲーテは自分の親しい出版社であるコッタ書店に仲介の労をとり、そして言う。

「あまり先をお急ぎになるのはよくない。もう少しここにいて、互いによく知り合うほうがよいのではないかね」（エッカーマン『ゲーテとの対話』一八二三年六月十一日）

青年に尊敬する老巨匠の魅惑的な誘いを拒むことはできない。彼は計画を変更し、そのままヴァイマルに留まり、そして老ゲーテは自分の日々の言葉を後世のために記録する役割を彼に託する。エッカーマン『ゲーテとの対話』もまた、決して偶然の産物ではなく、ゲーテの強烈な自己記念碑化の意志の所産だった。

もっとも、すべての青年が老ゲーテの誘惑に搦め取られたわけではない。才気に溢れ、既に自前の詩集一冊を持つ、ベルリンからきたユダヤ人の一青年は、おそらくは自分の老詩人に対する賛嘆の念を悟られるのを潔しとしなかったのだろう。エッカーマンがゲーテの引力圏に捉えられた翌年、一八二四年の秋、青年ははるばるヴァイマルにゲーテを訪ねながら、道中の様子を尋ねる老詩人に「イェーナからヴァイマルへの街道に実《みの》っていたすももの味は抜群でした」と答え、そして「これから何を書くお積もりかね」とのご下問には、「ファウストでも扱ってみようかと思っています」と言ってみせる。

「ふーむ」老ゲーテも低く唸って、そっぽを向く他なかった。

やがて当代一の人気詩人として世に知られることになったその青年ハインリヒ・ハイネ、『西東詩集』の魅惑に美しい讃辞を贈ったあのハイネは、老詩人との出会いを回顧しつつ、「彼は美しいアポロのようだった。但し、それは生命を持たぬ、冷たい石造りのアポロだった」と述べる。

ハイネの言う通りだった。この時期のゲーテは自らをアポロとして、それも時間の力によって決して浸食《しんしょく》されることのない、不朽のアポロ像として刻み上げようとしていた。それが見る目のある若者の目に生命なき石像と映ったのもまた、人生とそこで得た認識を既に完成したものと見なそうとしていた以上、つまり変化を拒否していた以上、当然の結果だった。

だが人生は変転する。人間が生き、生がまだ進行しつつある以上、たとえ老人となっても、そして自分を石像として刻み上げようとしても、なお人生は変転せずにはいない。生とは変転であり、そのことを誰よりもよく知っていたのもまた、ゲーテだった。いや、それをよく知っていたからこそ、彼は自分の人生をもはや何にも侵されえない記念碑として刻み上げることにあれほど執着したのではなかったか。だが、エッカーマンが訪ねてきて留まった一八二三年——それは、既に完成したものとゲーテが見なしたがっていた彼の生に一瞬の鋭い亀裂が走り、生命なき石像と化したかに見えていた存在の深部から命の炎が燃え立った年でもあった。

シラーが死んだ一八〇五年に自分も生命の危機が案じられた大病を辛うじて切り抜けたゲーテは、それ以来、ほぼ二十年に近い年月を概して健康に過ごしてきた。もちろん年齢にふさわしい老人性の疾患と無縁でいられた訳ではない。痛風の痛みと結石からくる腎臓の疝痛《せんつう》がほとんど定期的に彼を苦しめ、動脈硬化の兆候も現れてきた。また青年期以来の、心理的動揺に過敏な体質は変わらず、一八一六年、予見されていた妻の死が近づくにつれ原因不明の高熱に襲われ、死別の日も終日ベッドから出ることができない。周囲の人々は、身体的不調からくる老人の我が儘と不機嫌にもしばしば悩まされている。しかし、それは妻の死をも含めて、言うなれば年齢相応の変化ないしは事件であり、その時期さえやり過ごせば、また元気な生活を楽しむことができた。

だが一八二三年は、そうした老人の小春日和の終わりを告げる。この年の二月半ば、ゲーテは激しい悪寒と呼吸困難、不安感、そして強烈な心臓の痛みに襲われる。現代の専門家によれば、疑いもなく心筋梗塞の症状である。両足には浮腫《ふしゅ》が現れ、寝ることもできぬ苦痛と生命の危険は二週間にわたって続く。発病は二月十一日。十七日頃から急速に悪化し、二十四日、軽率なジャーナリストはまたもゲーテの死についての通信文を発信した。そこには、やがてゲーテの死後、十九世紀の後半に、西欧圏内後進国ドイツの市民イデオロギーとナショナリズムが作り上げるだろう退屈なゲーテ像と空疎なゲーテ崇拝の萌芽が既に見てとれる。

「ドイツは、いや全世界は補うことのできない損失をこうむった。ただ、彼が長く苦しまなかったことは慰めである。一昨日重病の報が伝えられ、昨日午後五時には既に彼の精神はこの地上を去った。彼の精神？　否《いな》、死といえどもそれをわれわれから奪うことがあってはならない」

実際には二月二十三日が最大の危機だった。そして二十五日が転機になった。危機を脱したあと回復は徐々に、しかし順調に進む。浮腫が引き食欲が戻り、通常の眠りが疲れ切った老人を休ませる。三月の末には庭に出ることもできた。だがこの大患を経験したあと、ゲーテはもはや『西東詩集』でわれわれが出会った快活な老人、若やいだ恋を大胆に、ほとんど厚顔に楽しむあの老人ではない。しかしまた自分のために紙の記念碑の建立を目指した、誇り高き老詩人でもない。死の不安が、――彼が生涯、直視することを避けてきた死の不安が、老人の心にしっかりと食い込んでいる。死の囁きが日々耳元に聞こえてくる。ゲーテはいま疑いもなく晩年を迎えたのである。

しかし人間にとって死とは、心を締めつける力であると同時に、それを解き放つ力でもあるのだろうか。死の予感は自己を記念碑化しようとしていた老人の凝固した心に亀裂を走らせ、その底に潜んでいた柔らかで傷つき易い生命の姿を垣間見させる。

「長く生きるということは、多くのもののあとに生き残るということです。愛した人々、憎んだ人々、無関心に見過ごした人々が、みな去って行き、いくつもの王国、首都が変わり、自分で植え、育てた森や樹々も消えて、なおわれわれは生き延びているのです。われわれはわれわれ自身を越えて生き続けています。もし身体と精神にまだいくらかの余力が残されているならば、われわれは心からの感謝とともに、それを受け取るのです」

漸く病の癒えたことを自覚したゲーテは、古い知人で敬虔主義的信仰に老いの日々を送るアウグステ・ツゥー・シュトルベルクに、そう書き送る（一八二三年四月十七日）。互いの思想的距離を慎重に測りつつも素直に記されたその言葉には、生き延びた生命への感動が震えている。

更に夏、保養地マリーエンバートに居を移したゲーテは、もっとも心を許した友人、ベルリンの作曲家ツェルターに宛て、政治や文学芸術談義への嫌悪を述べたあとに、続けて書く。

「しかし、何よりも奇蹟的なのは、ここ数日、私に働きかける音楽の恐ろしいばかりの力だ！ミルダーの歌う声、シマノフスカのピアノの豊かな響き、いやこの地の狩猟兵部隊の合唱でさえ、固く握りしめたこぶしのようだった私の心を優しく解きほぐしてくれる。そして私は自分を納得させようと、自分に向かって言ってみるのだよ。お前はこの二年以上の年月、何ひとつ音楽を聞いたことがなかったな。お前のなかの音楽への感受性は久しく閉ざされ、孤独へ追いやられていた。ところが今、その天上的な力が突然お前の上に降りてきて、そのすべての権能《けんのう》を振るって、眠り込んでいた思い出をすべて目覚めさせる……」（八月二十四日。マリーエンバートに近いエガーから）

音楽への感受性だけではない。自己記念碑化への意志によって閉ざされ、孤独へ追いやられていた生への感受性が、いま死をくぐり抜けて甦ったのだった。久しく眠り込んでいた記憶、生の享受の思い出が目覚める。そしてそれは危険なことだった。同じこの年の夏マリーエンバートで、突然の恋の激情が老ゲーテを押し流した。

ゲーテがウルリーケ・フォン・レーヴェツォーに出会ったのは、この年が初めてではない。ゲーテが夏の滞在地を、長年慣れ親しんだカールスバートから当時新しく開発されつつあった保養地マリーエンバートへ移したのは二年前からのことだったが、そこでの宿はウルリーケの母親で、古い知人のアマーリエ・フォン・レーヴェツォーの父親の別荘だった。いや、事柄をより正確に言えば、それは最初の夫と別れ、次の夫とは死別したアマーリエが、愛人のオーストリア貴族に父親の名義で建ててもらった避暑客向けの滞在用高級旅館である。そこでゲーテはアマーリエの最初の結婚からの娘

ウルリーケ・フォン・レーヴェツォー

で、当時十七歳のウルリーケに出会った。（巻末の地図参照）

ウルリーケが初めての夏からゲーテのお気に入りであったことは確かである。だがウルリーケは三人姉妹の長女で、その二人の妹もそれぞれにお気に入りだったたし、またそれ以外にも、例えばヴァイマルの女官カロリーネ・フォン・エグロフシュタインを始め、老ゲーテがこの時期、自分の身辺に引き寄せていた少女たち若い女たちは相変わらず数多く、ウルリーケもまた、そのなかのひとり以上の存在ではなかった。

だがそのウルリーケが、一八二三年の夏、老詩人の突然の恋の熱狂的な対象になった。ウルリーケは前の年と同じように、優しいが、人生についてまだ何も判っていない少女だったたが、死をくぐり抜けた老人のなかで恋の陶酔の記憶が甦り、生あるうちにその最後の対象を探し求めていたのである。七十四歳の老人は十九歳のウルリーケに熱中し、結婚の可能性を模索する。それを察したカール・アウグストは旧友のために母親アマーリエと話し合い、老人の死で寡婦となったときにはウルリーケに年金を保障するとさえ申し出る。それが当時として、どのくらい常識の範囲内のことであり、どのくらい常識の外のことであったのかを今から正確に測ることは難しいが、ともあれ母親は問題の紛糾を避け、娘たちを連れてマリーエンバートからカールスバートへ滞在地を移した。八月二十五日ゲーテはその後を追い、なお暫くの恋の仕合わせを享受するが、もはや希望はない。

九月五日、ウルリーケを断念するほかなくカールスバートを立ち、ヴァイマルへ向けて、終わり行く夏の中、駅逓馬車《えきていばしゃ》に揺られる老ゲーテのなかで、この十日間の再会と別れを振り返る詩が、仕合わせだったマリーエンバートの夏の記憶断片をまじえつつ、一連、また一連と生まれ始め、詩人はそれを中休みの駅ごとに紙に書きつける。詩は止めどなく成長して行き、やがて全二十三連、計百三十八行の長詩となって、正確にくりかえされる変形スタンザ六行詩の形式のなかに恋の仕合わせと別離の苦悩を幾重にも重ねて行った。それはのちに「マリーエンバートの悲歌」あるいは簡潔に「悲歌」と呼ばれるようになったが、そこでの〈悲歌〉(Elegie) とは、かつての『ローマ悲歌』の場合とは異なって、形式ではなく端的に内実を指している。そのなかに現れる少女の姿は、もとより現実のウルリーケであるより老詩人の想念のなかの恋人だが、そうであればこそ、その想念の恋人を触発した現実のウルリーケからの別離の苦しみは更に切実なものとなる。それは老詩人にとってほとんど生そのものからの別離であった。

詩は一度、時を遡《さかのぼ》り、カールスバートへ去って行った十九歳の恋人をマリーエンバートから追う老人の、心乱れる呟きから始まる。変形スタンザで一連は六行。韻はすべて行末弱音の女性韻でａｂａｂｃｃの形（本来のスタンザはａｂａｂａｂｃｃの八行一連）。個々の連の構造は、韻が先行四行から後の二行を分かち、ｃｃの韻でまとまる後《うしろ》の二行が先行の四行を受け止めて、ひとつの連としての自立する力を強める。第一連はその典型。もとよりその形式の力を翻訳で再現することは不可能に近いのだが。

マリーエンバートの悲歌

この再会　今日という日のいまだ開かれざる蕾《つぼみ》から
私は何を期待できるのだろうか？
天の楽園が　地獄が　お前のまえに開いている。
思いに心は揺れよろめく――。
疑いは捨てよ！　天国の門へと歩み出たあの人は
その腕にお前を引き寄せるだろう。

次の第二連では、思い描いたカールスバートでの幸福な再会は現実となっているが、しかしそれは早くも、既に過ぎ去った時間として想起される。期待と想起の間に陥没した至福の十日間――。詩を歌う詩人の現在は最後の別離後に移されて、歌われるすべては離れ行く詩人の振り返る眼差しに映る風景である。〈お前〉とはもとより詩人自身。

そういうようにお前は楽園に迎え入れられた
あたかもお前が永遠の仕合わせに値するかのように。
もうそれ以上は何も願わず　希望せず求めもせず

心の秘めた思いは既に遂げられた。
そしてお前は比類《ひるい》なき美しさを見つめ
憧れゆえの涙の流れも乾いたのだった。

だが続く第三連は想起する。その仕合わせの時間の何と早く過ぎて行ったことか！　振り返る眼差しのなかで仕合わせと苦悩はほとんど区別し難い。

時間の羽ばたく翼は何と素早く　一日一日を
刻々　終わりへ追い立てたことか！
そしてお休みの接吻　心を籠めた封印は囁く
明日の日もこうあるでしょう。
だが優しく過ぎて行く一時間　一時間は
姉妹のように似ているが　やはり違う一時間　一時間なのだった。

この第三連、最後の二行の、何という真実！　そして早くも決定的な別れの記憶が立ち帰る第四連。すべてはなおも現在形で語られるが、それは別離のあとから振り返り、呼び戻された現在である。

最後の　残酷にも甘い接吻。それは
もつれた愛の　魅惑の網を切り裂く。
足は急ぎ　ためらい　敷居を避ける
燃える炎の大天使に地上から追い立てられているかのように。
憤懣《ふんまん》の目は暗い小道を見つめ
振り向けば門は既に閉じて立つ。

こうして閉じられた門を背に、戻ることのない旅路を辿る老詩人のなかでは、続く第五連、幸福だった時間の回想とそれを失った内心の混乱が交錯し、苛立ちと悔い、自己非難と心労が陰鬱《いんうつ》に重なる。

だが第六連、老詩人は健気にも自分を励まし、自分に語りかける。それでもこうして世界は存在し続け、岩は天にそそり立ち、沃野《よくや》は緑に拡がっているではないか。その思いとともに老詩人が見上げる天空の軽やかな雲は、自ずと懐かしい恋人の姿に変わって行く。そしてそれが大気の動きとともに消えたあとも、詩人の想念のなかに今一度、恋人が生き生きと姿を現して、詩は第九連へ、更に第十一連へと進む。

私を迎えるために門辺に立ち
日々私を仕合わせにしてくれたあの姿
最後の口づけのあとでさえ私を追って
最後の最後の口づけをこの唇に記《しる》してくれた人
愛するあの人の姿はわが胸に
軽やかに透明に　炎の文字をもって刻まれている。
（第九連）

一度は消え　死に果てていた
愛する力　愛されたいと望む心――。
あの人とともに甦った
望む喜び　心弾む計画　素早い決心と行動。
（第十一連／前半四行）

仕合わせな想念のなかでは記憶と現実の境はもう定かではない。続いての第十二連の最後の二行には、ゲーテの晩年を特徴づける〈希望〉、『パンドーラ』で「ありえぬことを約束するのが私にはよく似合います」と囁いたあの〈希望〉が、また美しい姿を現す。その眼差しの下では、優しい記憶はそのまま詩人の現実である。
そして続く十三連での、老詩人の深い心の安らぎ。

そして希望が　あの昔馴染みの境域から仄《ほの》かに立ち上がり
穏やかな日の光のなかにあの人の姿が現れる。

この地上において我々を至福に与《あず》からせるのは
人間の理性ではなく神の平和なのだと聖書は語るが
愛する人を前にしての　愛の明るい平和を
私はそれにもたとえよう。
そこでの心の安らぎ　自分はこの人に属しているという思い
その深い思いを妨げるものはない。

こうして仕合わせな記憶は記憶に重なり、至福の時間が連から連を追い、繰り返し反芻《はんすう》される。だが〈希望〉の囁く想念のなかで、いかに至福の思いがくりかえされようとも、最後に残るのは再会なしの別離と情け容赦ない老いの現実である。
第十九連、詩人は突然、ほとんど唐突に、至福の回想から失墜《しっつい》して、現実の自分に立ち戻る。

いま遠く隔たった我が身！　今というこの時に
どう振る舞えばふさわしいのか？　それが私にどうして判ろう。
（中略）
どよめき荒れ狂う私の胸のなかでは　もう
死と生が酷《むご》たらしい最後の戦いを戦っている。
身体の痛みを癒す薬草は見出せもしよう　だがわが心には決意も意志も消えた。

老詩人は人間の運命を司る神々の恣意《しい》に悲痛な抗議の声を上げ、老人の旅の道連れとなってくれている若い人々に別れを告げる。

私をここに置いてゆくがいい　忠実な旅の道連れたちよ！
この岩　沼　苔の間に　私ひとりを置き去るのだ。
君らはただ進み続けよ　君らのために世界は開かれている。
大地は広く　天は高貴にして　偉大。
観察し　探究し　事象を集めよ
自然の秘密を追って　口籠もりつつ呟き続けよ。

そして、それに続く最後の第二十三連。

私にはすべてが失われ　私自身が失われた。
かつて一度は神々の寵児であった私――
神々はその私を試し　私にパンドーラたちを与えた
豊かな財宝に富み　それ以上に危険に富んだあのパンドーラたちを。
神々は私を　与えることを惜しまぬあの唇へと導き
そして今　そこから引き離し――破滅へと定める。

（„Marienbader Elegie“）

詩はこうして、口籠もりつつ、ほとんど中断するかのように突然、終わる。老詩人は自分の避けがたい破滅から目を離せないまま詩を閉じるのである。ゲーテの詩にあって、これほど慰めのない詩行で終わる詩は少ない。わずかに想起されるのは、「天上の諸力」の恣意を嘆く『修業時代』の竪琴弾きの歌だけである。

ゲーテの一八二三年、七十四歳の夏はこうして終わった。

18　詩の癒す力
——『情熱の三部作』——

七十四歳の老人が十九歳の少女に求婚し、婉曲《えんきょく》に拒絶される——。それが世の常識からしてどんなに当然のことであるとしても、しかし、その結果としての老人の絶望に偽りはなかった。二月の大患から辛うじて脱出した老ゲーテは、マリーエンバートの夏の情熱にいま一度の生への甦りを祝い、「ありえぬことを約束する」〈エルポーレ〉（＝希望）の声に酔うことを自分に許したのだったが、それも所詮は神々の恣意の戯れに過ぎなかった。老いの現実が老人の足元を冷たく浸す。

ヴァイマルへ戻ったあとゲーテは、馬車を乗り継ぎながら、宿場で一節、一節、書き上げて行った「マリーエンバートの悲歌」の手稿を、革で美しく装幀《そうてい》して手元に秘蔵した。また彼は文化芸術担当の国務大臣としての公務に必要以上に精力的に励み、人々との談話や会食を楽しんでみせるが、しかし彼の心が決して晴れやかでないことは傍目《はため》にも見て取れた。もともとその事件は、狭いヴァイマル社交界では周知の事実になっていたし、彼自身も親しい相手には夏の出来事とその結果についてほとんど公然と語っていた。

彼は言う。

「三ヵ月の間、私は仕合わせだった。ひとつの興味から次の興味へ、そしてひとつの磁石から別の磁石へと引きつけられ、ほとんど毬《まり》のようにあちらこちらへ転がりつづけていた。それが今や――毬はまた片隅でもう動かない。そして私はこれからの冬、穴熊の巣に閉じ籠もって、どうやってわが身の修理をしたものか、思案している他ないのだ」（フォン・ミュラー『ゲーテの談話』一八二三年九月二十一日）

十月末、ポーランドのピアニスト、シマノフスカが妹とともにゲーテをヴァイマルに訪ねてくる。当時ロシアの宮廷音楽家であり当代一の女流と目《もく》されていたシマノフスカ夫人は、前章で引用のツェルター宛の手紙にもあったように、既にその年の八月マリーエンバートで、十九歳の少女への情熱に身を委ねる老詩人も訪れる席で何度となくピアノを弾き、老詩人はそれに応えて、音楽の癒す力を讃える詩「和解」を彼女の記念帖に記入していた。そして今、夏の約束を守ってシマノフスカが秋のヴァイマルを再訪したとき、ゲーテは夏にもまして音楽の癒す力を必要としていた。そしてその力は確かに働いたのだった。

ゲーテ家の夜会でシマノフスカが演奏した翌日、それを聞き逃して残念に思っていたエッカーマンは記す。

「今夜、灯の点る頃、私はゲーテのもとを訪ねた。ゲーテはとても生き生きした様子で、眼は照

明の反射できらきらと輝き、言葉は晴朗さと力、若さに満ちていた」（十月二十九日）

シマノフスカは晩秋の二週間をヴァイマルで過ごし、宮廷でも、市庁舎広間でも演奏をくりかえし、ゲーテはそれをくりかえし聞いた。だが当然のことながら、ここでも別れは再びこないではいない。そして音楽の癒す力が大きかっただけ、その別れの衝撃も大きかった。十一月五日シマノフスカ姉妹が出発の挨拶にくる。

「彼は陽気にユーモアを忘れまいとしていたが、別れの深い痛みが至るところで姿をのぞかせた」居合わせた親しい知人、ヴァイマル宮廷高級官僚フォン・ミュラーは、そう語る。やがて迎えの馬車が来て、姉妹は宮廷への挨拶に廻るためにゲーテの知らぬ間に席を立つ。それに気付いた老ゲーテは波立つ感情を抑えようとしない。彼はほとんど駄々っ子のように、いま一度、最後の別れなしに姉妹を出発させてはならないと言いつのる。フォン・ミュラーは自分で宮廷へ足を運んで姉妹を引き止め、シマノフスカ夫人と妹は宮廷の帰りに、再び最後の別れを告げにゲーテ家を訪れた。

「それは何と静かで気持ちのよい十五分であっただろう！」とフォン・ミュラーは再び語る。

「〈貴方によって豊かになり、慰められたものとして私は発ちます〉とシマノフスカ夫人は言った。〈貴方は私が自分に寄せる信頼を、それでよしと、うべなって下さいました。貴方が愛して下さいますので、私は自分を前より、より善良なるもの、より価値あるものと感じるようになりました。お別れについて、感謝については、何も申し上げようとは思いません。どうか再会の希望を夢見させておいて下さいまし〉」

シマノフスカの美しい別れの言葉にユーモアをもって応えようとする努力は空しい。老詩人の眼から涙がほとばしる。

「言葉なくゲーテはシマノフスカ夫人とその妹を腕に抱いた。そしていくつもの部屋を通り過ぎて去って行くふたりの姿を、その目はいつまでも追い続けていた」

姉妹の去った翌日から、ゲーテはまた病床に伏す。病状は一ヵ月以上にわたって一進一退を繰り返し、一時は生命の危険が囁かれた。現代の専門家は、心理的衝撃による心臓疾患の再発と推察している。


だが詩人にとって詩を書くとは、どういう行為なのだろうか。そして、書かれた詩とは、彼にとっていったい何なのだろうか。

絶望の詩を書くとは、絶望をもう一度生き直すことなのか、それとも、そこから身を救うことなのか。あるいは、詩のなかで絶望を生き直すことが、そのまま身を救うことなのか。

『西東詩集』の冒頭、「うたびとの書」の最後を飾る「至福の憧れ」(一九八頁以下)――あの「至福の憧れ」が読むものに問いかけてくる問いと似た問いが、またくりかえし戻ってくる。

十一月末、ベルリンの作曲家ツェルターが何も知らずに訪ねてきて、ゲーテの重い容態に驚愕する。ツェルターは老年期のゲーテがもっとも信頼していた友人である。ゲーテは旧友に、エッ

71 歳のゲーテ

カーマンを除いてはまだほとんど誰にも見せずに秘蔵していた、美しい革装幀の「マリーエンバートの悲歌」を見せ、自分でもそれを読み、また友人にもくりかえし朗読してもらった。あの神々への告発、ほとんど呪詛《じゅそ》で終わる絶望の詩句である。

「かつて一度は神々の寵児であった私――／（中略）／神々は私を　与えることを惜しまぬあの唇へと導き／そして今　そこから引き離し――破滅へと定める」

　ところが、どうだろう。その詩の朗読、自らの〈希望〉なき状況の詩句による確認が、逆に、医者も信じなかった回復への合図となった。

「始めてまたベッドで寝る」

　発病以来、椅子に寄り掛かってしか寝られなかったゲーテが、その朗読の日の日記に、そう記す。そして健康はゆっくりと回復して行くのである。

　もとよりそれで、この転機の年の夏に心に開いた傷口が完全にふさがった訳ではなかった。翌一八二四年早春、ゲーテはヴァイガント書店の求めに応じ『若きヴェルテルの悩み』五十周年記念版の序文に替えて、詩「ヴェルテルに」を書いたが、かつての分身ヴェルテルに呼びかけ、「留《とど》まるために私は　別れて行くためにお前は選ばれて」と書き進むうちに、思いはまた自ずと昨夏の苦しみへと逆らいようなく引きつけられて行く。そして、「再会は心弾み　別れは心に重く／再びの再会は更に心を弾ませ／会わぬ年月を埋め合わせるが／最後には陰険《いんけん》にも　再会なしの別れが待ち受けている」と、ヴェルテルに託して再会と別れの連関を歌うときには、老詩人の心に何があったのか、それはもう見違えようもない。

だが、ここでもまた、詩人における現実の経験と詩の表現との間の微妙な、しかし決定的なずれを浮かび上がらせる事実がある。ゲーテは「ヴェルテルに」を『若きヴェルテルの悩み』新版の序としたあと、「マリーエンバートの悲歌」を、改めて「悲歌」とのみ名付けて中心に置き、「ヴェルテルに」をその前に、シマノフスカの記念帖に書き入れた「和解」をその後に配置し、本来の成立順を逆転させて並べたその三つの詩で『情熱の三部作』を構成して、それを一八二七年の『決定版ゲーテ全集』に印刷させるのだが、その構成は明らかに、報《むく》いられぬ恋の範例を「ヴェルテルに」で導き入れた上で、中心に「悲歌」を置き、更に音楽の癒す力を讃える「和解」によってその「悲歌」の破壊的な力を受け止め、封じ込めようとする試み、つまり詩の力によって現実を越えようとする試みだった。

そして考えてみれば「悲歌」自身もまた、恋の激情と絶望を歌いながら、そのすべては前章に述べたように変形スタンザの正確な形式に、たがうことなく収められている。激しい絶望を表現しようとしながら同時に詩の韻律を常に厳格に守って詩行を書きつけて行くこと――それは内心の惑乱を惑乱として生き切り、その惑乱の魅惑を限界まで味わいながら、同時にそれをわが意志の支配下に、いや詩の力の支配下に封じ込めようとする、二重の試みでなくて何だろうか。逆の側から言えば、いっさいの救済を拒否する絶望であっても、それが表現されたときは、それは既に絶望と見分けのつかない、しかし何か別のもの、むしろ悦楽《えつらく》に近いものになっているのではないだろうか。

そして成立の時間を逆転させた『情熱の三部作』の構成は、そうした詩作の秘密の力を三つの詩の配置図のなかでもう一度確かめ、それによってわが身を絶望から浮上させようとしているのではないだろうか。

いや、私は、ゲーテのなかでも最も美しく凝縮した三つの抒情詩を前にしながら、無駄に錯綜《さくそう》した論理に踏み込んでしまったような気がする。私はただ、詩と現実は違うという当然の事実をいまさらのように言い立てているに過ぎないのかも知れない。ともあれ、今は再び詩を読もう。

ゲーテという、われわれからは時間的にも空間的にも文化的にも遠く離れた一人の老人が、一八二三年の夏にマリーエンバートという夏の避暑地で経験した、十九歳の少女への理不尽に近い恋の苦悩を三つの美しい詩が飾る。それをわれわれがいま読むという不思議——。その中心となるひとつは既に前章で読んだ。残る二つを読む。やや長いが、先ほど引用の部分も含め省略なしの全訳。

ヴェルテルに

そうか　お前は　多くの涙を注《そそ》がれた影よ

お前はもう一度　日の光のなかに姿を現し
新しく花散りばめられた緑の野で私に出会うというのか。
お前は私の視線を避けはしまい。
お前はまるで　まだあの東雲《しののめ》のうちにあるかのようだ
われらふたりが同じ野の露を踏んでいた　あの朝まだきに。
そして今　一日の心弾まぬ労苦の末に　私の目に
別れ行く夕日の最後の光が映《は》えている。
留まるために私は　別れて行くためにお前は選ばれて
お前は道を先へ急いだが　それで失ったものは多くなかった。

人間の生涯はひとつの玲瓏《れいろう》たる宿命。
昼の大地は何と好ましく　夜の天空は何と偉大であることか！
そして楽園の悦楽のうちに生まれ出たわれら――。
だが太陽の高貴なる光を享受する間もなく
早くも先の判らぬ苦闘が始まっている。
時として自分自身との　時として周囲との衝突――
外と内とは願いを裏切ってぶつかり合い

心が輝くとき　外は暗く
輝く外の風景は　陰鬱《いんうつ》な眼差しに覆われ
幸福が近いとき　それに気付くことはない。

だが　やがて　たおやかな愛の魅惑　恋う人の姿に捉えられ
あれこそが幸福に違いない！　と私たちは信ずる。
若者は幼年の日々の花園に戻った思いで
人生の春に身を置きつ　自らも春として歩みいで
心魅せられ　心奪われ　誰がこれを贈ってくれたのかといぶかしみつつ
辺りを見回せば　世界はわが手のうちにあり
屈託なく先を急ぐ心はただ遠くを目指して
高き市壁も貴き王宮も彼を閉じ込めることはできない。
鳥の群れが森々の梢をかすめ飛ぶように
彼もまた愛する人を巡って彷徨《さまよ》い
昂《たかぶ》る思いにこの地上を去ろうとまで思い詰めつつ
天空に浮かぶその人の面影に　また堅く繋《つな》ぎ止められる。

だが最初の警告はあまりに早く　次の警告はあまりに遅い。
気付けば翼も力を失い　身は網の内に捉えられている。
再会は心弾み　別れは心に重く
再びの再会は更に心を弾ませ
会わぬ年月を埋め合わせるが
最後には陰険《いんけん》にも　再会なしの別れが待ち受けている。

お前は微笑んでいるね　友よ　同情の色を見せて。もっともなことだ
恐ろしい別れがお前の名を世に知らせたのだから。
私たちはお前の悲痛な運命を　ひとつの祝祭として祝ったのだった。
お前は私たちを喜びと苦悩に引き渡して去って行き
私たちはまたも情熱の迷路を
心もとなく辿って行った。
そして私たちはくりかえし危険のなかに足を踏み入れ
最後には別離へと——おお　別離とは死！
詩人が歌っている。その響きの何と心を打つことか！
別離の運びくる死を避けようと　彼は歌っている。

半ば己の罪ゆえに苦しみに絡み取られたもののために
いずくかにひとりの神ありて　その耐える重荷を言い表《あらわ》せしめ賜え！
（„An Werther"）

こうして、詩人に言葉を与える「いずくかのひとりの神」への祈願で「ヴェルテルに」を閉じたゲーテは、その神の助けを得て「耐える重荷を言い表す」べく、（前章で残念ながら飛びとびに読んだ）「マリーエンバートの悲歌」を次に置く。それはいまや短く「悲歌」（„Elegie"）とだけ呼ばれ、その百三十八行の詩句を通じて、人間の担う「重荷」が確かな詩形式のなかでさまざまに変奏され、定着されて行く。そして最終連では、残酷な神々への呪詛さえも言い表《あらわ》される。

だが人間はそのままでは生き続けられない。生きるためには心がまた和らぎ、世界の魅惑と〈和解〉しなければならない。『情熱の三部作』でも、先程も述べたように、あえて成立の時間的順序に逆らって、その夏の盛り、マリーエンバートでシマノフスカの記念帖に書き記した「和解」が最後に置かれる。

和解

情熱は苦悩をともに運ぶ！――いったい誰が和らげうるのか

あまりに多くを失い　苦しみに締めつけられた胸を？
あまりに早く飛び去った時間――あの時間はいま何処に？
世に絶して美しきものがお前のために　無駄に選ばれ
心は暗く　営みは乱れ
高貴な世界は五感から消え――。

そのとき　天使の羽音とともに音楽が立ち昇り
幾百万の音に音を編み合わせつつ
聴くものの存在の深奥まで滲み渡って
永遠の美で充たし　溢れる――。
目は潤み　高きものへの思いのうちに
神々の贈る音と涙の喜びが拡がる。

そうして重荷から解《ほど》かれた胸は　すぐにも自分がまだ生きてあり
まだ鼓動を打ち　そしてなお打ち続けることを望むことを知る
豊かに恵まれた贈り物への純粋な感謝として
自らも応《いら》えの言葉を語り出るために。

そうすれば——おお　それが永遠に続かんことを！——
音と愛との二重の幸福が生まれ　響くだろう。（„Aussöhnung"）

こうして『情熱の三部作』（„Trilogie der Leidenschaft"）は、音楽の癒す力への賛美と感謝で終わる。だがそこに同時に働いているのは、詩の癒す力でもあった。「悲歌」の悲痛な呪詛《じゅそ》さえもが、詩の力によって癒される。天使の羽音とともに、本書の「はじめに」で聞こえ、12章でも耳にした〈希望〉の羽ばたく音が、ここでも聞こえてくる。たとえ「ありえぬことを約束する」ものが〈希望〉であるとしても。

「悲歌」を『情熱の三部作』に収めたとき、ゲーテは改めてそこにエピグラムとして、三十年前の自分の詩劇『タッソオ』からの二行を付け加えた。

「そして人間は苦痛のなかで口をつぐむが／ひとりの神が私に苦しみを言い出る言葉を与えた」

こうして危機の一八二三年を辛うじて切り抜けたあと、自伝の執筆、全集の編纂《へんさん》などの仕事は、また何事もなかったかのように再開された。そして、更にそれと並行して、いま疑いもなく最晩年に入りつつある老人のなかで、今まで遠く彼方に見え隠れしていた『遍歴時代』（決定稿）の救済の聖女マカーリエの形姿、そして『ファウスト第Ⅱ部』の広大な宇宙空間が、奇跡のようにその姿を見せ始めたのだった。

19　二つの別れ

――「シナ・ドイツ四季日暦」「ドルンブルクの詩」――

心筋梗塞による死の危険、それに誘発された突然の恋の激情と絶望、病気の再発――一八二三年は七十四歳のゲーテにとって深い危機に満ちた年だったが、彼は「マリーエンバートの悲歌」を書き、それを繰り返し読み返すことで、その危機から脱出する。そして更に、以後の生の足場を確保するべく、「ヴェルテルに」を序詞とし「和解」を終結部とした『情熱の三部作』の中心に「マリーエンバートの悲歌」を「悲歌」と名付けて封じ込め、危機の訪れ、絶望、そしてそこからの音楽と涙による甦りを詩的表現のなかに定式化し、無害化した。マリーエンバートでの経験は心の底深くへ沈んで行き、老人の生活には再びその年齢にふさわしい平静な日々が、少なくとも表層では戻ってきた。

但しくりかえし言うならば、『情熱の三部作』の最後、「和解」で音楽とともに聞こえてくる天使の羽音は、序章で読んだベンヤミンが「希望なきものたちのために与えられている」と規定し、かつまた序章で読んだ詩「始源の言葉。オルフェウスの秘詞」の終結部で天空に舞っていたあの〈希望〉の羽音——死すべき運命のものたちをひとたびの羽ばたきとともに永劫へと運び去るあの〈希望〉の羽音である。それは果して希望であるのか、絶望の究極の形なのか。危機の年のあと、ゲーテはもう疑いもなく死の囁きを日々耳にする最晩年期に入る。毎夏の恒例であったボヘミヤの保養地での上流貴族たちとの社交生活も、もう繰り返されることはない。ゲーテはこれ以後、ほとんどいつもヴァイマルの自宅に止まる。没年の一八三二年まで、残された時間は九年足らずである。

もっとも、それは晩年期と言っても、なかなかに忙しい生活だった。いや、最晩年期だからこその忙しさだろうか。自伝類の執筆編纂は山を越したが、二〇年代の初めから計画されていた『決定版ゲーテ全集』が漸く一八二七年から出版され始める。契約金をめぐってあれこれの出版社と交渉した末に前年コッタとの間で話が成立したのだが、交渉役は息子アウグスト、校訂の中心はヴァイマルのギムナジウム古典文献学教授リーマー、そして編纂はリーマーとエッカーマンが務めた。エッカーマン相手には死後の出版を予定しての談話もしきりである。自分の過去の仕事について、同時代について、変転する世界について、時としてメフィストーフェレスを思わせるシニカルで鋭利な、また時としては数世代を見通す肯定的で伸びやかな弁舌を振るい、エッカーマンが忠実に書き留めて持参したその記録に自分で目を通しもした。更に口述筆記その他の仕事のためには秘書たちが、身の回りのことには召使がいた。彼らの助けを借りて、あるいは彼らを頤使《いし》して、老ゲーテは自分の見た世界の諸相に忙しく形を与えて行く。

もちろん客たちも多かった。身近な人々としては旧友でヴァイマル絵画学校校長のマイヤー、大公国に昇格したヴァイマルの高級官僚フォン・ミュラー、太子の教育掛でフランス語系スイス人のソレ、ヴァイマル大公国建築総監督クードレ。ベルリン在住の作曲家ツェルターとは、めったに使わぬ親称〈Du〉での頻繁な手紙の往復があった。また、フンボルト兄弟やフランスの有力な外交官ラインハルト伯爵などをはじめ、国の内外からさまざまな人々が来訪し、老詩人に魅惑されたり失望したりしながら、それぞれに去って行った。

老ゲーテはもうヴァイマルから動かなかったけれども、こうした人々を通じて世界からの多様な情報が流れ込んできた。世界の姿を変えるだろうスエズ、パナマ、ドナウ＝ライン三運河の建設は深い関心事であり、セルビアの詩の素朴で活発な恋の描写には心を引かれ、その醜悪な残酷さには目を背ける。老詩人の眼差しは時として更に遠くへ伸び、エッカーマンに言うこともある。

「最近、シナの小説を読んだがね、あれはたいへん注目に値するものだな」ゲーテはおそらく英訳で読んだのだろう。「とかくそう思われ勝ちなほどに変わったものではない。人々の考え方、行い、感じ方はほとんどわれわれと同じだから、すぐに同種の人間だと思うようになる。ただ彼らにあってはすべてがより透明で、より清潔で、より道徳に適っている。（中略）もうひとつ違う点は、彼らの場合、いつも人間たちに外的な自然が寄り添っていることだ。池からは金魚の跳ねる音が聞こえ、枝には鳥たちのさえずりが止まず、昼はいつも明るい陽光に晴れ渡り、夜はいつも澄んでいる。月の光はたいへん好まれる題材だが、それで風景が変わる訳ではない。月の輝きは日の光と同じくらい明るいものと考えられているのだよ」（一八二七年一月三十一日）

老ゲーテが対面したものは異国の文学ばかりではなかった。老いて生き延びるものの避けることができないのは、旧い知人たちの死である。ゲーテの詩を多少とも好んで読むものは、いま引用した談話から月光の連想で「谷間と木々の茂みを／月はふたたび霧の輝きで静かに満たし」と始まる壮年期の詩「月に寄せて」を思い出すだろうが、その詩を贈られたかつての愛人シュタイン夫人が八十四歳で死んだのも、談話と同じ二七年一月の六日だった。

シュタイン夫人とゲーテの間柄は、一七八八年イタリアから戻ったゲーテがクリスティアーネと同棲したことで一度は決定的に終わったが、同じヴァイマルの宮廷社会で暮らす二人の間には九〇年代の半ばから徐々に接触が復活して行った。ただ、それはもちろんかつてのように親密なものではありえず、また決して対称形のものでもなかった。ゲーテの側にはある種の敬意と罪意識に似たものがあって、それが彼をいつも心なし硬直させていたし、シュタイン夫人の側には傷つけられた自尊心が残っていた。かつてゲーテに可愛がられた息子フリッツ宛の夫人の手紙にはしばしばゲーテの動静が言及されているが、そこからは口惜しさと、本人にもはっきりとは意識されない憎しみの影、そして消すことのできない深い愛着が滲み出している。

病の床にあって自分の死期を悟ったときも、シュタイン夫人は死に関わることを忌み嫌う旧友の性向をおもんぱかり、自分の葬列がゲーテの住まいの前を通ることを禁じたと言われる。

昔の愛人への最後の自己犠牲とも言うべきその遺言は、残された人々によって忠実に実行されたのだろう。シュタイン夫人の死後十日ほどして、ゲーテに最も近い知人の一人フォン・ミュラーはゲーテの旧友クネーベルに宛てて、「夫人の死は昨日までゲーテには知らせぬままになっていました」と書く。だが当然のことながら、結局は知らされたのである。同じフォン・ミュラーは前記ラインハルト伯宛の別の手紙に書く。「最近、ゲーテの最も旧い女友達であるシュタイン夫人がこの地で亡くなりました。それはゲーテにとって大きな衝撃でした。彼自身は一言もその死に触れないのですが」

『ゲーテの談話』なる記録を遺したフォン・ミュラーは激動のフランス革命とナポレオン時代、ヴァイマル公国の外交に与って大いに業績のあった炯眼《けいがん》の人であり、その観察に疑いをはさむ必要はないだろう。時としていかようにもエゴイスティックになれるゲーテであったが、一度は精神的にあれほど深く結ばれていた女友達の死に衝撃を受けないはずはなかった。

しかし老ゲーテにあっては、そうした事件さえもが旬日を経ずして心の深層へ沈み、日々の生活にはまたいつも通りの清澄さが戻ってくる。エッカーマンにシナの詩における透明な風景と月光の明るさについて語ったのは、シュタイン夫人の死を知った月の三十一日のことだったが、そのときゲーテは、かつて壮年の自分が故人に贈った詩「月に寄せて」のなかの、月光に照らされた霧の輝きを思い出していたのだろうか、どうだろうか。やがて五月、ゲーテは若い頃の郊外の仮住まい、シュタイン夫人とも度々時を過ごしたイルム河畔の簡素な小別荘ガルテンハウスを

ゲーテの小別荘（ガルテンハウス）とイルム河畔の公園。
Goethe-Museum Düsseldorf. Anton-und-Katharina-Kippenberg-Stiftung.

たまたま訪れ、そこの美しい春の自然に誘い込まれるように、続く四週間をそのままその小屋で過ごした。目の前の河畔に拡がる緑の庭園の風景と前年来愛読していたシナの詩の情景とがゲーテのなかで溶け合う。そして雅びやかに軽やかな連作詩『シナ・ドイツ四季日暦』が生まれた。あの悲痛な「マリーエンバートの悲歌」も真実であり、この十四の詩が描き出す宵夢のような自然情景も、同じ老詩人の真実である。

ゲーテは自分を古いシナの王朝の高級役人に擬して歌い始める。

シナ・ドイツ四季日暦

Ⅰ

言ってみるがいい
治めるに飽き　仕えるに心疲れた
我ら宮廷の重臣たちに
このうらら春の日々
北の都を逃げ出して
水辺に緑を求め　楽しく盃を重ね
溢れる機知を筆に止《とど》めることを除いて
ほかにいったい何ができようか？

北の都からの逃避先として思い描かれているのは、中国江南のうららかな春だろうか。

Ⅱ

百合にも　純粋な蠟燭《ろうそく》にも劣らぬ白さ
星々に似た輝き　慎ましいお辞儀

花弁の底から輝く
赤く縁取られた思慕《しぼ》の炎——

早咲きの水仙が
庭に列をなして咲いている。
心映えよき乙女らは整列して
自分が誰を待つのか　知っていよう。

ヴァイマルの廷臣でありシナの王朝の役人でもある詩人の目の前で、庭園に咲く季節の花、水仙は、そのまま華奢なシナの少女たちの姿となる。

やがて第三歌。目の前に拡がる美しい自然のなかで、「希望が軽やかなヴェールを　霧のように／我らの眼差しの前に投げ掛ける——」。それはふと詩人の心をかすめる快い風のようなものだ。希望は優しく囁きかける、「願いは成就し　太陽の祝祭／雲の切れ目が　我らに仕合わせを与えると」。八十歳を目前にする詩人にその快い風を送ってくる究極の地はどこであるのか——今は問うまい。

だが、やがて季節は進み、風景は移る。第四歌、第五歌、第六歌で現れる異国の、醜《みにく》くも豪奢な鳥、猛々しい夏。詩人の視線は雅《みやび》な宮廷の春を離れ、次第に生の極《きわ》みを求め、探り始める。

V

お前の快楽の輝きを　孔雀よ
夕日の金色の光へ向かって開いておくれ
お前の尾羽根を車のように花輪のように開いて
夕日に不遜な競い合いの合図を送っておくれ。
夕日は蒼い空の下の緑の庭に
花開く一点を探し求め
そこに一組の恋人たちの姿を見出せば
それこそが美の極みだと信じるだろう。

VI

郭公《かっこう》も小夜《さよ》啼鳥《なきどり》も
春を引き止めようと鳴きしきるが
夏はもういたるところに
薊《あざみ》　刺草《いらくさ》を繁茂《はんも》させ
軽やかな樹々の葉群《はむら》も

緑濃く繁り重なる。
私は枝の間を盗んで恋の眼差しを
美しい人へと送っていたのだが
いま夏は繁り　色鮮やかな屋根も
垣根の格子　入口の柱も隠された。
私の眼差しが素早く窺《うかが》っていた　あの辺り――
あれこそが　永遠に我が東方の地。

歌ううちに、詩人にふと昔の記憶が立ち戻る。時間とともに悲痛さは消え、醇化《じゅんか》されて残った甘美な記憶――。それは避暑地マリーエンバートの少女ウルリーケの影であり、ゲルバーミューレの河畔に立つマリアンネの姿であり、更にまた遠くシュタイン夫人とこの小別荘で過ごした日々の、無数の記憶の断片でもあるのかも知れない。

VII

最良の昼にもまして美しかった　その面影
だから　私がその人を忘れ得ずとも
取り分け緑のなかでは忘れ得ずとも

大目に見てくれねば困るのだ。
あれは庭園でのことだった　あの人が私に近づいて
愛顧《あいこ》のしるしを見せてくれたのは。
それは私の思いのなかに今も生きいきと甦り
わが身も心も　なお　あの人のもの。

そして、思い出の中に生の盛夏の恋の記憶が溶けて行ったあとに、再び優しい夕闇が訪れる。明るい月の輝き。そこに浮かび上がる風景はいま見るイルム河畔なのか、遠いシナの水辺情景なのか。

Ⅷ

夕闇は空から地へ拡がり
近景も既に遠い。
だが　優美な光を瞬かせながら
宵の明星がまず姿を現す！
すべては定かならぬものへと揺れて溶け
霧が低く丘へ這いのぼり

湖《みずうみ》は深まる暗闇《くらやみ》を
水面《すいめん》に黒く映して静まる。

やがて　いま　東の空に
月の輝きがおぼろに拡がり始める。
しなやかな柳の細い枝たちが
光る髪の毛のように水と戯れる。
揺れ動く影を透して
月の魔法の輝きが震え
涼しさが目を通して
優しく心に忍び入ってくる。

シナ、江南の地とも、ヴァイマル郊外、イルム河畔ともつかぬ風景を照らし輝く美しい月の光――。だが、宵夢のように揺れる自然の風景のなかにあっても、ふと形而上的内省が忍び込むのは、ゲーテにしてなお、ドイツの詩人の宿命だろうか。次の二連は百年を隔てて、リルケの詩、「薔薇　おお純粋な矛盾よ」にこだましている。

IX

われわれは薔薇《ばら》の季節が過ぎた今にして
初めて薔薇の蕾とは何であったかを知る。
遅咲きの薔薇が一輪　なお枝に輝き
我が身のみで　花の世界のすべてを支えている。

X

すべてを超えて美しいものと認められ
花の王国の女王と呼ばれ
誰ひとり逆らうものなく
争い心を追放する　そなた薔薇　奇跡の現れ！
そなたは見せかけの美ではない——そなたのなかで
視ることと信じることが出会い　ひとつとなる。
だが世の詮索心は　努め　苦しみ　疲れを知らず
法則と根拠　何故に　如何にを　探し求める——。
内省に霞む風景のなかからやがてシナの花の精が現れ、こちたき議論では捉ええぬ存在のはかなさの不安を訴えるが、なおも省察に心を傾けるドイツの詩人は無器用に答える。「大丈夫！決して過ぎ行くことなきもの／永遠の法則が存在し／薔薇も百合もそれに従って花開くのだよ」場所柄を忘れ、相手の柄を忘れてそう力む詩人の前に、漸くシナの宮廷の下僚たちがやってくる。そして、「少女らを忘れ　賢者らをお捨てになって／薔薇に慇懃《いんぎん》を通じ　樹々と語り合う」上司を戒め、「緑の庭にはご一緒の楽しみにと／筆　墨　酒も用意してございます」とシナ風の社交の楽しみへと誘うのだが、詩人はもう心を動かされない。そのとき彼は宵闇に揺れる東洋の世界を離れ、自然のなかでの孤独と夢に心を託すドイツの詩人に戻っている。宮廷人であり詩人である隠遁者ゲーテは下僚たちに、「遠きもの　やがて来るものへの憧れを抑圧したいものは／今日ここでの有益なる仕事に心を忘れよ！」と、ついさっき夢みた豪奢な夏の記憶を忘れたかのように、二義的真実の間に宙釣りになった忠告を与え、自分は老年の平静な夢に改めて身を委ねて、十四の連作詩を閉じる。（„Chinesisch-Deutsche Jahres- und Tageszeiten“）

彼の自然詩のなかでもおそらく、もっとも透明な風の吹き通うこの『シナ・ドイツ四季日暦』――それを書いたのは、既に述べたようにシュタイン夫人の死の年でもあったが、その翌年の一八二八年、ゲーテは続いて、凡そ半世紀を越える昔、自分をヴァイマルに招いて、永住への道を開いた大公カール・アウグストを見送ることになる。

遡って思い起こせば、一八二五年九月カール・アウグスト在位五十年の祝典の折、ゲーテは朝六時に最初の祝客として大公を訪れ、三編の詩から構成された祝典詩でその業績を讃えた。そして同じ年の十一月にはゲーテ仕官半世紀の祝いが大公の発意《ほつい》の下、盛大に祝われ、大公は真摯《しんし》な感謝の書面と、片面に大公夫妻、片面にゲーテの像を浮き彫りにしたメダルとを用意して、臣下にして友人かつ先輩でもあった人への厚情を表明し、老詩人は日記に「もっとも晴れがましい一日」と記した。

それから三年も経たない二八年六月、旅にあった大公の突然の訃報がゲーテに激しい衝撃を与えた。ゲーテは自分が八歳年下の大公の死を経験することがあろうとは思っていなかった。シュタイン夫人の死は、遠い思い出の死だった。だが大公の死は、老人のいま現在の生活への死の無遠慮な介入だった。宮廷の公式葬儀の準備を辛うじて済ませたあと、ゲーテは旧友ツェルターに宛て「内面の苦痛に際しては、せめて外的感覚は労《いたわ》らねばならない」と書き、埋葬を待たずにヴァイマルを離れ、大公の離宮、ザール河畔ドルンブルクの小城館に引き籠もって夏を送った。そこで生まれた詩は、澄んだ美しさに充たされた明け方の自然の彼方に、やがて訪れるだろう自己の死を透視している。

ドルンブルク

一八二八年九月

朝まだき　薄く拡がる霧のなかから

谷間　山脈《やまなみ》　庭々が姿を現し
花々は待ち焦がれる心に応えて
色さまざまな露を花弁に湛えるとき——

朝まだき　雲をはらむ大気と
澄み渡る朝の冷気が相争い
東からの風が雲を追い払って
太陽の軌道を青空に開くとき——

お前はその眺めにいのち甦りつつ
純粋に息づく恵み深き太陽に感謝を送る。
やがての日　太陽は赤々と別れを告げながら
地平線の周囲を金色に燃え上がらせるだろう。

(„Dornburg / September 1828")

20　仕合わせの最後の目盛り

――「すべての山々の頂きに」「亡霊たちの歌」――

クリスティアーネはとっくに死んだ。シュタイン夫人も死に、カール・アウグストも死んだ。カール・アウグストの女癖に終生悩まされたルイーゼ大公妃、その繊細な心と身体をゲーテがいつも気遣っていたルイーゼ大公妃も、不実な夫の後を追うように死んだ。

また満月を見るたびに互いを想い起こそうと誓い合ったマリアンネは、心に晴れぬものを懐いたまま夫と共に自分の人生を歩んでいる。心を許すツェルターは遠くベルリンに住み、ツェルターと同じく親しい Du で呼び合う数少ない相手クネーベルが住むイェーナも、十年前はいざ知らず、今では老人同士が始終訪れ合うには遠過ぎる場所になった。カール・アウグストの側近だったクネーベルはかつて君主の使者として、あるいはむしろ運命の使者として、フランクフルトのゲーテ家の扉を叩き、ゲーテとヴァイマルとの繫《つな》がりを改めて結んだ忘れ難い旧友だったのだが。

死んで行ったのは老人たちばかりではなかった。クリスティアーネとの同棲から生まれた五人の子どものうちただひとり生き残り成人した長男アウグストも、奔放な妻オティーリエとの不和から逃れるように出たイタリア旅行の途上、ローマの地で客死した。ゲーテ八十一歳の一八三〇年十月。享年四十歳。

だが、多くの旧友知人たちが死に、懐かしい人々と会うこともままならぬようになって行くなかで、老ゲーテの傍らには古くから付き添って決して死ぬことも姿を消すこともないものたちがいた。〈遍歴〉の旅の途上にあるヴィルヘルム・マイスター、そして何よりも〈大世界〉を経巡《へめぐ》り続けるファウスト――そのふたりの古い分身たちである。

一八三〇年十月二十七日にローマで死んだ息子アウグストの悲報が、ヴァイマルの父親に届いたのは十一月十日だった。それを宮廷の知己フォン・ミュラーから伝えられたとき、老ゲーテはラテン語で呟いたという。

「我、死すべき運命のものを生みしことを知らざるにはあらざりき」

神々のみが不死を享け、人間は死につねに晒されている。我が子のみが例外であるはずはない。ゲーテはその日の日記に記す。

「前日来の仕事（『詩と真実』第四部）を続け、二、三の概略メモを詳しい記述とする。家族（アウグスト夫人オティーリエ、孫たち）と昼食。食後古メダル整理。午前の考察継続。夕方近く枢密顧問官ミュラー氏宮廷顧問官フォーゲル（宮廷医）、最大限の心遣いをもって、余に十月二十六日二十七日ローマで起こりし我が息子の死を報じられる。続いてその後の処置についての説明、

今後の方策についての相談」（十一月十日）
日記の文体は晩年に近づくほど簡潔さを増していた。翌日の日記。
「『詩と真実』第四部の仕事継続。また、重要な家族関係メモ口述。家族と昼食。古貨幣棚整理若干。夕方法務卿フォン・ミュラー氏（前出ミュラーと同一）、宮廷顧問官フォーゲル、リーマー教授」（十一月十一日）
ゲーテはこうして強靱な精神の力で息子の死を乗り越え、平常心を保ちつづけたかに見えたが、しかし抑え込まれた衝撃は身体に復讐する。同じ月の二十五日深夜、突然の激しい喀血が老人を襲い、駆けつけた宮廷医フォーゲルの緊急処置にもかかわらず翌日も喀血が繰り返される。原因は現代の専門家たちの間でも肺出血、胃の潰瘍出血、あるいはまた食道静脈出血と一致しないが、心筋衰弱による肝臓鬱血や高血圧なども加わっていたと推察され、生涯で何度目かの死の危険が八十歳の老人を脅かした。
だが、多量の喀血のあと、老人は急速に回復する。二十九日には静かな眠りが戻り、翌三十日、病人は起き出して雑事を片付ける。そして翌々日の十二月二日の日記にわれわれは読むのである。
「書簡類閲読、選択。（中略）夜『ファウスト』検討、若干進展」そして四日には、「『ファウスト』若干。（後略）」
ほとんど生命を脅かした喀血のあと一週間を経ずして、『ファウスト』の仕事が始まっている。それはあたかも古い分身のファウストが自らの形姿と運命の完成を要求して、逆縁の衝撃がもたらした死の危険から老詩人を無理やりにも引き戻したかのようだった。

『ヴィルヘルム・マイスターの遍歴時代』は、既に前年の一八二九年に完成していた。そこに至る半世紀を越える過程を簡単に振り返れば、次のように要約できよう。ファウストと並ぶゲーテの分身ヴィルヘルム・マイスターは遠く祖母から贈られた人形芝居への熱狂から生まれ、ヴァイマル初期二十代後半のゲーテのなかに、国民演劇の指導者となることを夢見る共和主義的演劇青年として姿を現した。そしてフランス革命と戦乱の経験を経て、演劇青年の夢は破棄され、共同体のなかでの個人の完成と有用性の追求を告知する『ヴィルヘルム・マイスターの修業時代』（一七九六年）へ変貌する。やがて四半世紀が過ぎ、『修業時代』の共同体理念を継承発展させるべき続編の前半として、まず『ヴィルヘルム・マイスターの遍歴時代＝第一部』（一八二一年）が印刷、刊行された。そこで提示される人類社会の理想は、高貴なる少数指導者たちとそれに服従する一般大衆で構成される、ほとんどスターリニズム的共同体である。しかしその『遍歴時代＝第一部』は二〇年代後半にもう一度完全に解体され、再編成される。そして二九年に最終的に完成したのが『ヴィルヘルム・マイスターの遍歴時代』全三巻だった。

そこでは分量的にさほどのものが書き足された訳ではない。また個々人の欲求より社会共同体の要請を優先させる基本の立場が揺らいだ訳でもなかった。ただ途中の『第一部』では遙か遠景に姿が見えていた大伯母マカーリエが、最終稿では聖女マカーリエとなって現れ、その不可思議な存在を、特に物語の最終局面で人々の前に全面的に開示する。

聖女マカーリエは共同体の要請に応えられぬ心弱き人々に寄り添いながら、自らの内面に太陽系諸天体の運行と調和を明視する。だがそれと同時に、自身もまた仮に地上に身を置きながらその本質は太陽系のなかを運行する一個の天体なのであり、しかもいまや更に、無限の空間を目指してその太陽系を離脱しつつある宇宙存在である。そして、社会共同体の要請に応えることのできない心弱き人々は、その聖なる宇宙存在、聖女マカーリエの前にただ黙して坐ることによって心の苦しみが浄化され、魂が救済され、深く慰められるのを感じるのである。

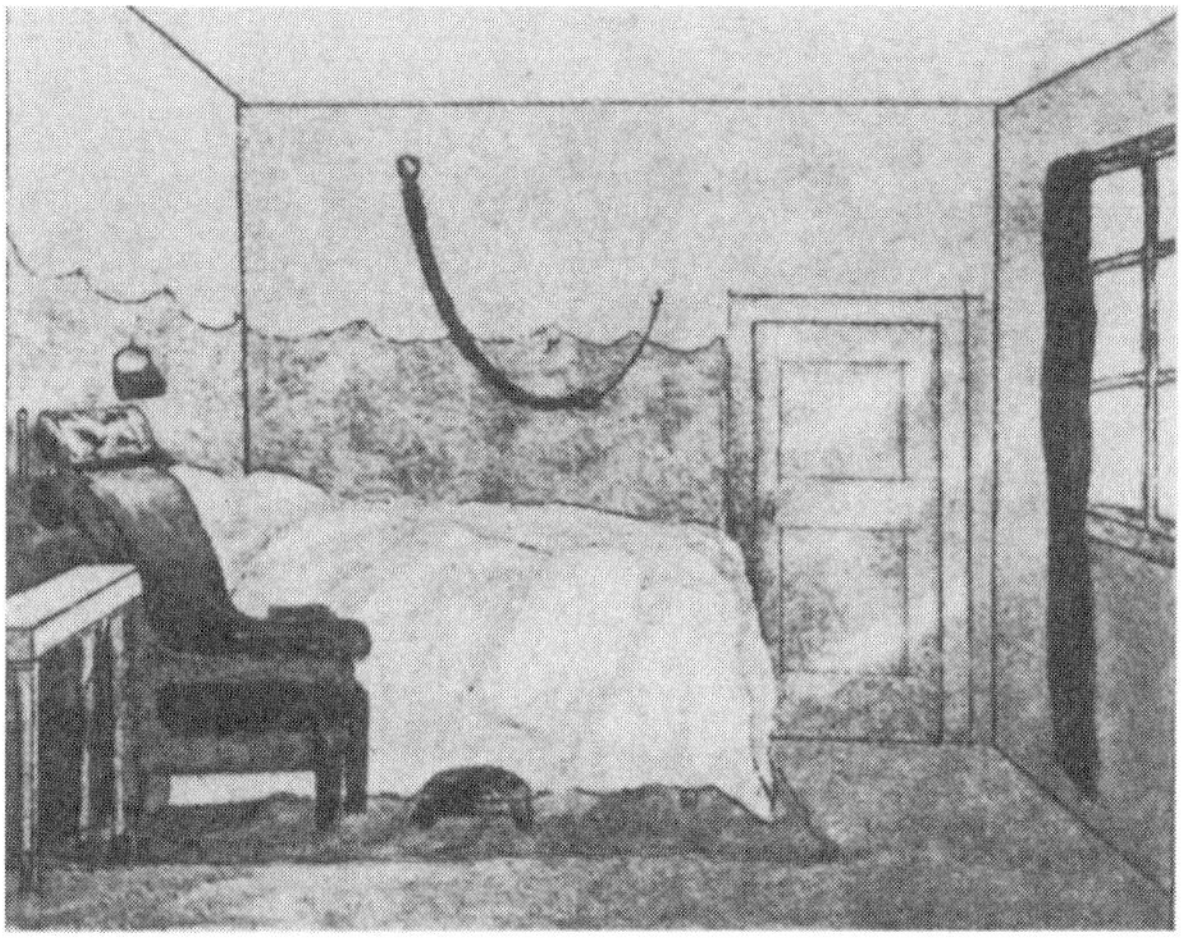

ゲーテの寝室。その死後、まもなくの水彩画

だが考えてみれば、社会の転形期にあって共同体と歴史の容赦ない要求に晒されたとき、自分もまた心弱きものの一人であると感ぜずに済むものがいるのだろうか。私たちもこの百数十年の歴史を振り返り、その変転の節々《ふしぶし》の時期に仮に自分を置いて考え

てみれば、自らがいかに心弱きものであるかを悟るだろう。

ゲーテが生きた、巨大な石臼のようにきしみ、廻って行く転形期の社会——それが地上にありながら宇宙存在でもある聖女マカーリエのイメジを、心弱きものたちのための救済者として呼び起こしたのだった。


ファウストの形姿がゲーテの傍らに寄り添ったのは、ヴィルヘルム・マイスターより更に古い。十六世紀のルターの同時代者で、一世を法螺《ほら》とはったりで思う存分に生きて見せた現実のいかさま師ファウスト博士は、ほとんど死と同時に悪魔メフィストーフェレスとともに世をめぐり歩いた伝説上の人物と化して、やがて歳の市で売られる粗末な民衆本、更に同じ歳の市で演ぜられる人形芝居の主人公として幼いゲーテの想像力のなかに深く棲みついた。二十六歳でヴァイマルへ向かった青年の旅行鞄には既に『ファウスト』の初期草稿が入っていた。それ以降、ファウストはメフィストとともにゲーテの全経験を伴走する。

一八〇六年四月五十六歳にして、崩壊して行く神聖ローマ帝国を横目に見ながら完成した『ファウスト第I部』は、この地上、現実世界、かつ私的領域におけるファウストの生の軌跡を描き出した。ゲーテの奔放で身勝手だった青年期の、悲痛でもあれば甘美でもあった経験が、メフィストの鋭く生き生きとした諧謔《かいぎゃく》とイロニーと批判の力に支えられて、若い人間が世に生きる普遍的な生の姿としてそこに甦っていた。

だがしかし、世界はもとより私的領域には限られない。その外には限りなく多様な空間が重なり合う。私的領域に馴染む無数の人々を見下ろし、その運命をほとんど恣意的に決する政治の世界、人々の運命と人類の歴史を超えて現実界の外にまで拡がる美の世界、仮象に過ぎぬ美の出現と消滅とは無縁に、不断に脈動し展開し続ける宇宙の生命、更に地上のあらゆる存在の原形を宿す無の空間。そしてそれらすべてを動かす地霊の力、そこになおも浸透してくる天上の原理――。

ヴァイマルに生の場を定めて以来、ゲーテはそうしたことのすべてを自分の身体と精神において、内的現実として経験してきたのであり、彼の生涯の同伴者ファウストもまた自らの運命を完結させるためには、それら諸空間のすべてを経巡らねばならない。マルガレーテの処刑と天上への救済で閉じる『ファウスト第Ⅰ部』に『ファウスト第Ⅱ部』が続くことは必然だった。

しかし『ファウスト第Ⅱ部』への道は遠かった。『第Ⅰ部』の完成に先立って一八〇〇年には既に、のちに『第Ⅱ部』の第三幕となるヘレナ悲劇の冒頭が書き始められてはいた。

不実の王妃ヘレナは、美しい古典的詩句で自らの運命を語り出す。

「賛美されること多く　誹られることも多い女　私ヘレナは／着いたばかりの海辺から真っ直ぐここにやってきました。／トロイアの地から大きな波の休みを知らぬ動きに乗り／逆巻く白波の背に揺られつつポセイドンの恵みと南東風の力を享けて／父なる国の入江に着いた今になっても／なお波の揺らめきに酔っている私です」（八四八八行以下）

だが『第Ⅱ部』の広大無辺な宇宙の諸空間では、古典的で調和的な美の仮象、ヘレナの形象はひと時のものに過ぎず、それを遙かに超える生命の力、その明と暗、美と醜とが時空を越えて躍動する。古典美はそのなかの一構成部分に過ぎない。ヘレナ劇は短く中断する。そしてゲーテのなかで宇宙の諸相が極限まで見極められ、その諸空間が隅々まで探究されるには、まだ長い年月と様々な経験の地層の、限りなく複雑な積み重なりが必要だった。ゲーテ自身、自分が書くべきものを予感しながらも、何度もその完結を疑った。

ヘレナ劇着手から四半世紀を越えた一八二五年七十六歳にして、『ファウスト第II部』は漸く本格的に書き継がれ始める。知人友人の死、息子の死、自分の病気、家族内の煩瑣《はんさ》事、家政上の心配事、宮廷人としての義務などなどの間を縫いながら、仕事は少しずつ少しずつ進展する。それは老人を見張る死神との、競争と言うより、根比べだった。

まず第I部完成二十年後の一八二六年、のちに第三幕となるヘレナ劇が完成し、翌年『ヘレナ。古典的ロマン的幻影劇。〈ファウスト〉への幕間狂言』として刊行されるが、そのあと、仕事はまた滞る。四年後の三〇年になって漸く、第二幕の終結部となる、古典古代の異形のものたちが集う生命の祝祭――美と醜、生成と破壊とが交錯する「古典的ヴァルプルギスの夜」、そしてその最終場面、美しい月光の下に水面《みなも》がきらめく生命の始源の場「エーゲ海の入江」が姿を現し、そのあと仕事は新たな生命を得て加速し、第一幕の大半、第二幕、最終の第五幕の一部へと順調に進んだ。

そして翌三一年、残された第一幕の冒頭――大気の精アーリエルと妖精たちが優しい歌声を響かせる「爽快なる土地」が書かれる。『第Ⅰ部』最終場面でグレートヒェンを救出できずに絶望のなかに取り残されていたファウストは、いま妖精たちの歌声が語る春の穏やかな自然のなかで深く眠りつづけ、〈忘却〉の力によって過去の行為への負い目から解放されて、『第Ⅱ部』の広大な世界へと甦る。それがいかに忘恩ないしは裏切りに見えようとも、〈忘却〉なしにひとは生き続けることができない。〈忘却〉はゲーテにとって生命の働きの本質に属するものだった。

戦乱と権力を短く描く第四幕も、急ぎ足ながら書き上げられる。

そして同じ三一年の七月二十一日、八十二歳の誕生日を一ヵ月後に控えて、日記は短く記す。「主要事最終部分。（後略）」「主要事」とは『ファウスト第Ⅱ部』に他ならない。

続いて翌二十二日の日記は書く。「主要事完結す。最後の浄書。清書したすべてを綴じる。（後略）」

簡潔な言葉から老ゲーテの深い安堵の溜め息が聞こえてくる。「主要事」を終えたゲーテはエッカーマンに言う。

「私のこの先の生命は、もう純粋な贈り物だと見做すことができる。これから先、何をしようが、しまいが、それは結局どうでもいいことなのだ」

ゲーテの生の全体像を描き出す『ヴィルヘルム・マイスター』と『ファウスト』の二本の輪郭線が、無限遠点で呼び合いつつ、ともにほとんど奇跡のように完結したのである。

一ヵ月後の八月、ゲーテは誕生日を静かに迎えるために市内を避けてヴァイマル領内イルメナウに数日を過ごし、そこから昔、若かった頃に馴染んだキッケルハーン山頂の狩猟小屋に足を運んだ。同行したイルメナウ森林顧問官マールはゲーテの信頼が深かった人だが、そのときの様子を報告する。
「二階の部屋に足を踏み入れながらゲーテは言った。〈昔、夏にこの部屋で下僕と一緒に一週間を過ごしたことがあるのだが、そのとき壁に短い詩を書きつけたのだよ。その詩をもう一度見てみたい。そして、詩の下に日付があれば、それを書き写しては呉れまいかね〉。私はすぐに彼を南側の窓のところへ案内した。そこの左には鉛筆で次のように書かれていた。

すべての山々の頂きに静けさが拡がり
樹々の梢を過ぎ行くかすかな風も
今は　ほとんど落ちた。
鳥たちは森に沈黙する。
おお　待つがいい　ほどなく
お前もまた安らぐだろう。
一七八三年九月七日　　　　ゲーテ

ゲーテは詩句に目を通した。涙が彼の頬を伝った。彼は焦げ茶の上着のポケットから雪のように白いハンカチをゆっくりと引き出すと、涙を拭い、柔らかな、悲哀に充ちた声で言った。〈そうなのだ。おお　待つがいい　ほどなく　お前もまた安らぐだろう――〉。そして三十秒ほど沈黙すると、もう一度窓の外の暗い樅の森に視線を投げ、それからこちらに向き直って言った。〈さあ、行こう〉」

〈さあ、行こう〉という最後の一言の響きは、この報告を読むものの心に残らずにいない。ゲーテはその長い生涯の間、幾度となく、「さあ、行こう」と言ってきたのだった。生きることの魅惑と悲惨、人間の生の秘密を、その都度そのぎりぎりの限度まで味わい尽くすと、彼は次の瞬間その現場から――あえて言えば、その犯行現場から、いつも「さあ、行こう」との一言を残して立ち去ったのだった。

『ファウスト第Ⅱ部』の終わり近く、百歳になった盲目のファウストは直後に死が待つことも知らず、ひたすら新たな活動を幻想し続けるが、そのファウストのために墓を掘る亡霊たちは歌う（一一五三一～三八行）。

亡霊たち（おどけた身振りで掘りながら）

若くて生きて色もした
何やら素敵な毎日だった
楽しく歌って陽気に騒ぎ
足もせっせと踊ったものだ。

と思う間《あいだ》に　老いの奴めがずるがしこくも
杖で俺をば　ひょいとひと突き
よろめいたのが運の尽き
何故にあのとき　墓のふたが明いていた！

ゲーテが杖でひょいとひと突きされたのは、翌一八三二年の三月十四日の昼、馬車で短い散歩に出たときだった。かりそめの風邪とはじめは見え、翌十五日はいつも通り宮廷医フォーゲルや旧友マイヤーを客に迎える。次の十六日の日記には「気分すぐれず終日ベッドで過ごす」と記され、それがヴァイマル移住以来、時折の長い中断をはさみつつも数十年にわたって書き続けられた日記の最後の記載となるのだが、その時は駆けつけたフォーゲルの処置が効を奏し、三日後の十九日には病人はベッドから起き出して椅子に坐り、本復も近いと思われた。だが、その夜、容態が急変する。激しい悪寒と胸の痛み、そして呼吸困難。現代医学は肺炎、循環障害、心筋梗塞の併発を疑う。

「二十日朝八時半、私が呼ばれて行ったとき、病人の様子には悲惨なものがあった」と、晩年の主治医フォーゲルは記す。「恐ろしい不安と恐怖が、久しく悠然たる態度でのみ振る舞うことに慣れてきた高齢の老人を襲っていた。老人は苦痛を和らげようと絶え間なく姿勢を変え、追い立てられるかのようにベッドから脇の背もたれ椅子へ、背もたれ椅子からベッドへと場所を移すのだが、何の効果もなかった。寒気《さむけ》で歯が鳴り、和らぐことのない胸の痛みに耐え兼ねた病人の口からは呻き声、そして大きな叫び声が交互に洩れた。顔は歪み、灰のように蒼ざめ、眼は濁り、光を失って眼窩《がんか》に青黒く落ち込み、残酷な死の不安がそこで震えていた」

幸い、この日が苦痛の絶頂だった。翌二十一日には時折、昏睡状態が訪れるようになった。二十二日には明確な意識が戻る時間は次第に間遠になり、痛みも死の不安も遠のく。病人は静かにベッド脇の背もたれ椅子に坐っていた。フォーゲルは語る。

「私はたまたまわずかの間、部屋を離れていたのだが、〈もっと光を〉というのが、どんな意味の暗闇《くらやみ》にせよ暗闇をいつも憎んでいたこの人の最後の言葉であったと言う。やがて舌が利かなくなったとき、彼は空中に右手の人差し指で繰り返し何かを描いた。それはこの人が対象に生き生きとした興味を誘われたときいつもよくする仕草だったが、それも力が失われるにつれ、次第次第に手が下がって行き、最後には膝の上の毛布に手が置かれた。あと三十分で昼の十二時になる頃、死んで行く人は背もたれ椅子の左の隅に気持ちよげに寄りかかった。そのまま長い時間が経ち、それから漸く周囲の人たちは、ゲーテが自分たちの許《もと》を去ったことに気付いた。こうして、常ならぬ穏やかな死が、多くのものを惜しみなく与えられてきたこの人の仕合わせの枡《ます》を、その最後の目盛りまで満たしたのだった」（C・フォーゲル「ゲーテの最後の病気」）

あとがき（丸善ライブラリー版）

この本は、雑誌『學鐙』（丸善株式会社）に十九回連載（一九九四年四月〜九五年十月）したエッセイを基礎にして作られた。単行本にするに当たって連載第十四回を書き直して二つの章にするなど、かなりの加筆訂正を行ってはいるが、毎月、読者の顔を思い浮べながら書いていた連載のときの気持ちはそのまま残している。書いているうちについつい論文めいてしまったところも、あるいはあるかも知れない。しかし自分としては、漱石言うところの〈世の尋常《じんじょう》の人士〉、つまりごく普通の生活を送っている人たちに読んでもらいたいと思って、書いてきた。

ゲーテは、ある意味で不幸な作家である。その名前を聞くと、すぐに教養、人格、愛、努力等々の退屈なキー・ワードが頭に浮かんでしまう。だが、そうしたものはすべて、現実のゲーテとは本質的なところですれ違っている。

一八三二年に死んだゲーテは、その死後、十九世紀後半のドイツ・ナショナリズムの昂揚のなかで国民的大作家と評価されるようになったのだが、それとともに当時のドイツ市民社会の偽善的道徳律によって飾り立てられた〈ゲーテ像〉も作り上げられて行った。そして今でも人々のゲーテ像は、多くそうしたもので規定されていて、読まずしてのゲーテ敬遠、ゲーテ嫌いを生み出す原因になっている。その事情はドイツでも日本でもそう変わらないが、日本の場合は更に、大半の翻訳が退屈な既成のゲーテ観に沿って行なわれたものだという事情が加わる。

私がこの本で願ったのは、そうしたゲーテ像を解体し、近世世界に生まれ、フランス革命を中心とするヨーロッパの大変動期に生きたゲーテという作家の魅力を読者に感じ取ってもらうことだった。

本ができるにあたって、『學鐙』編集部 北川和男氏、丸善出版事業部 石寺雅典、成宮由嘉子両氏にお世話を頂いた。記して感謝する。

一九九六年早春

柴田 翔

書くに当たって、さまざまな伝記、研究書に助けられたことは言うまでもないが、本の性質上、一々に注を付けることはしなかった。ゲーテに興味を持つ読者のために以下、若干の書名を挙げる。

十九世紀末に当時のゲーテ学者によって書かれた Karl Heinemann: *Goethe*（邦訳：ハイネマン『ゲーテ伝』四巻・大野俊一訳・岩波文庫）は、ゲーテ理解に関しては教養主義的ゲーテ像を一歩も出るものではないが、伝記上の基本事実を知るには信頼するに足りる。邦訳も比較的、手に入り易い。但し、老年期晩年期が手薄の感は否めない。

Richard Friedenthal: *Goethe—Sein Leben und seine Zeit*（邦訳：フリーデンタール『ゲーテ——その生涯と時代』上下・平野雅史他訳・講談社）は、六〇年代に老練の伝記作家によって書かれた一般読者向けの読み易い伝記で、従来の教科書的ゲーテ像を覆し、彼の〈人間的弱点〉にも目を向けた、いわば裏読み的ゲーテ伝だが、そういう本にあり勝ちな不必要に卑しめる下品さはなく、事実についても豊富かつ、ほぼ正確である。ただ作品理解やゲーテの全体像の提示という点に関しては物足りなさが残る。

Karl Otto Conrady: *Goethe—Leben und Werk I, II.*（Atheäum Verlag）（邦訳：カール・オットー・コンラーディ『ゲーテ——生活と作品』三木正之他訳・南窓社）は、八〇年代半ばに出た専門家による伝記で、重点は作品解釈よりもその生涯のバランスのいい叙述に置かれている。特にゲーテが生きていた時代の社会的環境や諸制度についての要を得た説明に助けられることが多い。巻末には、ゲーテ研究を志す人のために役立つ、簡潔だが研究への入口としては充分な文献解題がある。

他に、ゲーテの病歴についてはManfred Wenzel: *Goethe und die Medizin*（insel taschenbuch.）に負うところが多かった。

なお潮出版社『ゲーテ全集』第十五巻（一九八一年）巻末には、その時点での日本語によるゲーテ参考文献（翻訳も含む）一覧がある。その後のものについては、日本ドイツ文学会編『ドイツ文学』（平年刊）毎号巻末の寄贈文献目録に大半が記載されている。私自身のものとしては、『ゲーテ〈ファウスト〉を読む』（岩波書店）、『内面世界に映る歴史――ゲーテ時代ドイツ文学史論』（筑摩書房）がある。

追記追加

本書の校了間際に、前記ハイネマンと同時期のAlbert Bielschowsky: *Goethe. Sein Leben und seine Werke.* の翻訳が出た（ビルショフスキ『ゲーテ――その生涯と作品』高橋義孝訳・岩波書店。底本は改訂版）。良識的市民のために書かれたこの浩瀚な伝記の個々の事実の記述は、書かれていることに限って言えば詳細かつ正確で、今なお大いに参考とするに足る。但し、事実の選択、記述のバランス、意味付けは、同世代のハイネマンの比較的温和な記述に比べても、イデオロギー性が際立つ。また作品解釈は方法的イデオロギー的に時代の強い制約のうちにあるが、主要作品には詳細な粗筋が付せられているのが特徴である。

『鳥影社』改訂増補版へのあとがき
――二十年後に――

二十年ほど前に大学を六十歳で定年退職したとき、私には二つ、仕事の心づもりがあって、そのひとつはゲーテ『ファウスト第Ⅰ部・第Ⅱ部』の完訳、もうひとつはゲーテの伝記を書くことだった。そして前者は、自分としては一応満足できる日本語訳テクストが仕上がり、ゲーテ生誕二百五十周年の一九九九年に、ドイツの知人たちの助力もあって、美しく装幀された生誕記念版となって講談社から出版してもらうことができた。そしてそのテキストは今も文庫本になって、講談社文芸文庫の片隅に並んでいる。

だが、もう片方のゲーテの伝記の執筆は難事だった。私は従来のゲーテ伝とは少し違ったものを書きたいと思っていたのだが、その手掛かりさえも、なかなか摑めずにいた。

丸善書店の書評誌『學鐙』の編集者 北川和男さんが、何かゲーテ関連の連載をしないかと声を掛けてくれたのは、丁度その時だった。

北川さんの話を聞きながら、ふと思い付いたことがあった。

ゲーテはその長い生涯に、様々なジャンルの、無数の詩を書いている。まずはそれを手掛かりに、彼の生涯を飛びとびに辿ってみれば、やがて書かれるべきゲーテ伝の輪郭が自ずと見えてくるのではないだろうか。

そして私は連載を書き始めた。

その目論見は成功したのだろうか、失敗したのだろうか。連載は順調に進み、ゲーテの死の床を見守った誠実な医師の報告で最終回を閉じた時、私はゲーテの生涯の凡そはこれで見終えたという気持ちになっていた。そして、これ以上、細部へ踏み込んでの浩瀚《こうかん》なゲーテ伝を書きたいという意欲は、どこかに消えていた。

だが、今になって振り返ってみれば、私がゲーテについて書きたかったのは、もともとこういう一冊の小冊子だったという気がする。

今回の鳥影社版では、最初の連載の枠を基本にしながら、多少それから自由に、周辺の事情なども、あまり章毎の枚数にとらわれることなく、加筆して行った。それによって、ゲーテの生きた時代と空間の感触が読む人の心に届くことを願っている。

丸善ライブラリーとして刊行されて以来、長らく絶版になっていたこの小冊子が、今回鳥影社から改訂増補版として再発行され、もう一度人々の手に届く機会を得た。鳥影社社長百瀬精一氏に心から感謝する。

また矢島由理さんの綿密かつ正確な校正・校閲作業に助けられることが大きかった。併せて深く感謝したい。

二〇一八年晩秋

柴田　翔

ゲーテ略年譜

1749年8月28日、帝国自由都市フランクフルトに生。

1759（10歳）：進駐した仏軍がゲーテ家の半ばを接収。

1765（16歳）：10月 ライプチヒ大学に学ぶ。

1768（19歳）：8月 病を得て、フランクフルトに戻る。

1770（21歳）：4月 シュトラースブルク大学に学ぶ。フリデリーケ・ブリオンとの親密な交遊。

1771（22歳）：弁護士資格を取得、フランクフルトに戻る。

1772（23歳）：ヴェツラルで法務実習。ロッテを知る。

1774（25歳）：『若きヴェルテルの悩み』で文壇登場。

1775（26歳）：リリー・シェーネマンとの婚約と婚約解消。11月 ヴァイマルへ。シュタイン夫人との出会い。

1776（27歳）：6月 ヴァイマルに正式仕官。枢密会議大臣。

1786（37歳）：9月 イタリアへ。

1788（39歳）：6月 帰国、政務を離れる。クリスティアーネ・ヴルピウスと同棲、シュタイン夫人と決裂。

1789（40歳）：フランス革命勃発。

1790（41歳）：3月～6月 ヴェネチア滞在。

1792（43歳）：対仏戦争の戦陣に参加（翌93年も）。

1794（45歳）：ヴァイマル公プロイセン軍務退役。シラーと交友。

1805（56歳）：重病。シラーの死。

1806（57歳）：ヴァイマル仏軍に占領される。クリスティアーネと結婚。神聖ローマ帝国崩壊。

1814（65歳）：平和回復、ウィーン会議。本年から翌年に掛け故郷ライン・マイン地方へ二度の旅。マリアンネとの出会い。

1816（67歳）：クリスティアーネの死。

1823（74歳）：重病。夏、マリーエンバートの恋。

1828（79歳）：カール・アウグスト死。ドルンブルク滞在。

1832年3月22日、ヴァイマルにて死。82歳7ヵ月。

簡易歴史年表

1517：宗教改革始まる。
1618：三十年戦争始まる。
1648：ウェストファリア条約。近世ドイツの領邦国家体制確立。
1701：プロイセンの勃興。王国となる。
1740：プロイセン、フリードリヒ二世（大王）即位。オーストリア、マリア・テレージア即位。
（1749：ゲーテ生）
1756～63：七年戦争（プロイセン 対 オーストリア）。
（1775：ゲーテ、ヴァイマルへ）
1776：アメリカ独立宣言。
（1788：ゲーテ、イタリアから帰国）
1789：フランス革命勃発。
1792：第一回対仏同盟戦争開始。
（1792/93：ゲーテ、戦陣へ）
1795：バーゼル和議。プロイセン、対仏戦線から離脱。
1799：ナポレオン、クーデタで政権奪取。
1805：第三回対仏同盟戦争。
1806：神聖ローマ帝国崩壊。領邦国家体制の再編。
（1806：ヴァイマルの占領。ゲーテ結婚）
1807：プロイセンでシュタインの改革。
1812：ナポレオン、モスクワ敗走。解放戦争へ。
1814：ナポレオン退位。ウィーン会議。神聖同盟成立。
（1814/15：ゲーテ、ライン・マイン地方への旅）
1819：コッツェブー暗殺、カールスバート決議。
（1832：ゲーテ死）
1833：プロイセン主導下にドイツ関税同盟発足。
1871：プロイセンを中心に、ドイツ統一。

アムステルダム
ネーデルラント王国
ケルン
ベルリン
ライプチヒ
ドレースデン
ヴァイマル
ポーランド王国
ブレースラウ
フランクフルト
シュトラースブルク
ミュンヘン
チューリヒ
ウィーン
オーストリア帝国
スイス
ヴェネチア
ローマ
ナポリ
地中海
パレルモ
シチリア島

2. ゲーテ関連地図

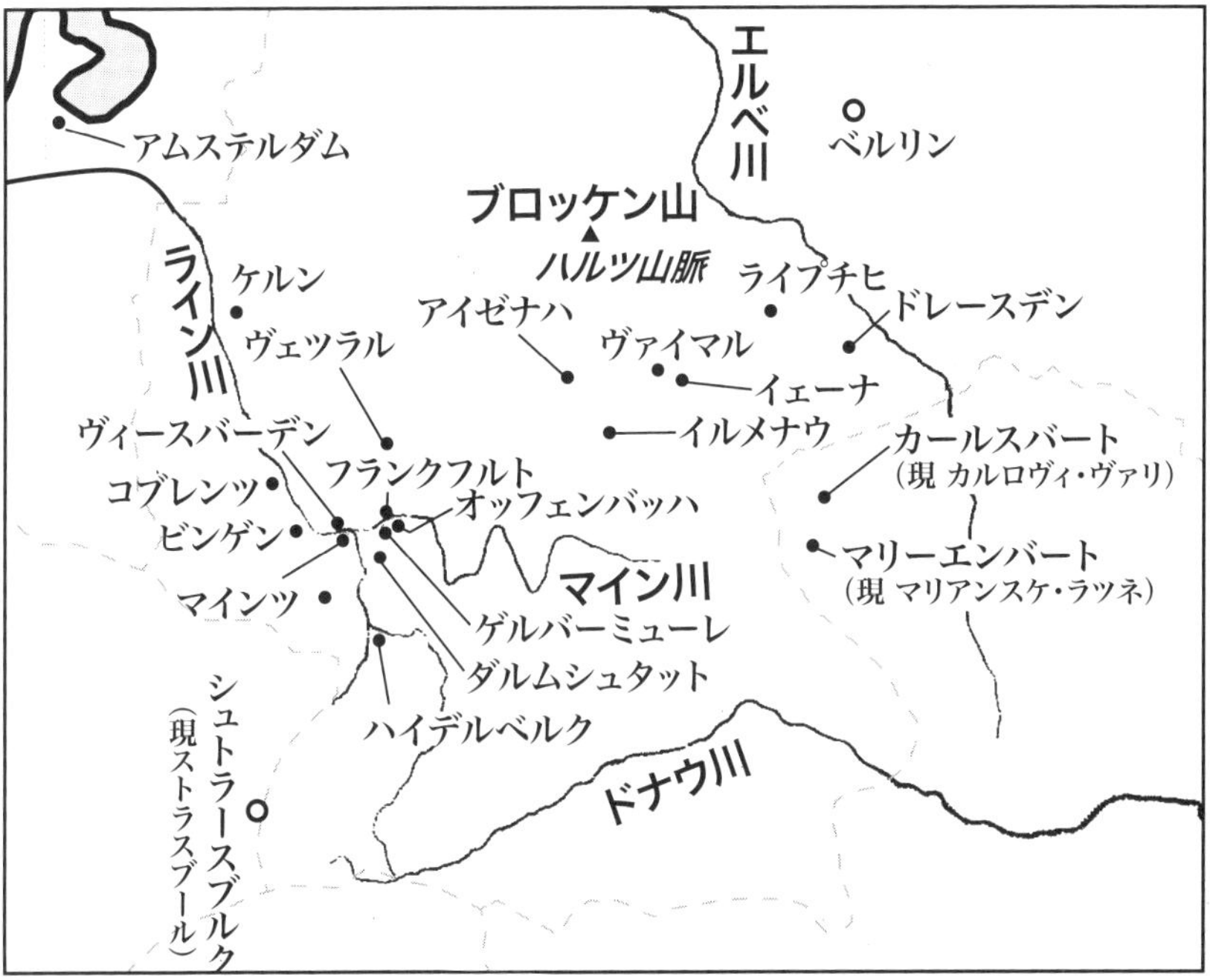

エルベ川
ベルリン
アムステルダム
ブロッケン山
ハルツ山脈
ライン川
ケルン
ライプチヒ
ドレースデン
アイゼナハ
ヴァイマル
ヴェツラル
イェーナ
イルメナウ
ヴィースバーデン
フランクフルト
カールスバート
(現 カルロヴィ・ヴァリ)
コブレンツ
オッフェンバッハ
ビンゲン
マリーエンバート
(現 マリアンスケ・ラツネ)
マイン川
マインツ
ゲルバーミューレ
ダルムシュタット
シュトラースブルク
(現ストラスブール)
ハイデルベルク
ドナウ川

〈著者紹介〉

柴田　翔（しばた　しょう）

作家、ドイツ文学研究者。

1935（昭和 10）年 1 月 東京生まれ。

武蔵高校から東京大学へ進学、工学部から転じて独文科卒。

1960（昭和 35）年 東京大学大学院独文科修士修了、同大文学部助手。

1961（昭和 36）年「親和力研究」で日本ゲーテ協会ゲーテ賞。

翌年より 2 年間、西ドイツ・フランクフルト大より奨学金を得て、留学。

1964（昭和 39）年『されどわれらが日々―』で第 51 回芥川賞。

東大助手を辞し、西ベルリンなどに滞在。帰国後、都立大講師、助教授を経て

1969（昭和 44）年 4 月 東京大学文学部助教授、のち教授。文学部長を務める。

1994（平成 6）年 3 月 定年退官、名誉教授。4 月、共立女子大学文芸学部教授。

2004（平成 16）年 3 月 同上定年退職。

小説：『われら戦友たち』『贈る言葉』『立ち盡す明日』『鳥の影』『中国人の恋人』

『地蔵千年、花百年』『岬』等。

エッセイ集：『記憶の街角 遇った人々』『闊歩するゲーテ』

翻訳書：ゲーテ『ファウスト』『親和力』『若きヴェルテルの悩み』

『カフカ・セレクションⅡ（運動／拘束）』等。

研究書：『内面世界に映る歴史』『詩に映るゲーテの生涯』等。

改訂増補版

詩に映るゲーテの生涯

定価（本体1500円+税）

乱丁・落丁はお取り替えします。

2019年 1月 29日初版第1刷印刷

2019年 2月　4日初版第1刷発行

著　者　柴田　翔

発行者　百瀬精一

発行所　鳥影社 (www.choeisha.com)

〒160-0023　東京都新宿区西新宿3-5-12トーカン新宿7F

電話　03(5948)6470, FAX 03(5948)6471

〒392-0012　長野県諏訪市四賀229-1（本社・編集室）

電話 0266(53)2903, FAX 0266(58)6771

印刷・製本　シナノ印刷

ISBN978-4-86265-726-8　C0098